回 响

《意林》编辑部 编

·长春·

图书在版编目（CIP）数据

回响 /《意林》编辑部编 . -- 长春：吉林摄影出版社, 2024.9. --（意林20周年纪念书）. -- ISBN 978-7-5498-6286-3

Ⅰ . I217.1

中国国家版本馆 CIP 数据核字第 2024QK9667 号

意林20周年纪念书·回响
YILIN 20 ZHOUNIAN JINIAN SHU HUIXIANG

出 版 人	车　强
总 策 划	顾　平　朱蕙楠
出 品 人	杜普洲
主　　编	蔡　燕
图书策划	蔡　燕　施　岚
责任编辑	王维夏
图书统筹	周胜男
执行编辑	邓志娟
封面设计	资　源　金　宇
美术编辑	岳红波
发行总监	王俊杰
开　　本	700mm×1000mm 1/16
字　　数	150千字
印　　张	8.5
版　　次	2024年9月第1版
印　　次	2024年9月第1次印刷

出　　版	吉林摄影出版社
发　　行	吉林摄影出版社
地　　址	长春市净月高新技术开发区福祉大路5788号
	邮　编：130118
电　　话	总编办：0431-81629821
	发行科：0431-81629829
经　　销	全国各地新华书店
印　　刷	天津泰宇印刷有限公司

书　号　ISBN 978-7-5498-6286-3　　　定　价：20.00 元

版权所有　翻印必究
（如发现印装质量问题，请与承印厂联系退换）

目录

壹 天地徜徉

日出与日落	苇 岸	001
生活在自在和豁达的心境中	俞敏洪	002
"孤独终老"，这多酷啊	音乐水果	003
挑一只称心如意的碗	鱼子酱	004
找个有趣的人白头偕老	正经婶儿	005
在喜欢的事上做第一名	林特特	006
我们不会变得更老，只会变得更好	蔡 澜	007
掌控人生的90%	孙贤奇	008
自以为美	傅佩荣	009
仪式的力量	李松蔚	010
寂寞时光是最好的增值期	李尚龙	011
别人的房间	艾小羊	012
好气哦，又没发挥好	ITACHI	013
花费时间和浪费时间	林清玄	014
抱膝看闲街	马 德	015
方寸之地	子 沫	016
许多想做的事	李松蔚	017
"慢生活"的实质，其实是自由	许 崧	018
发发呆吧，那也是创造力	李稻葵	019
以少为美	李 娟	020
大 雪	许冬林	021
一个有阳光的下午	余秀华	022
时间是一种选择	七 微	023
当我运动时，我不想什么	二公子	024
无论如何，先伸手去摸一摸	蔡康永	025
餐器之美	明前茶	026

贰 肝木自宁

向自然万物请教	[德]埃克哈特·托利 译/曹 植	027
宅并快乐着	连 岳	028
静能量	王月冰	029
小人无错，君子常过	佚 名	030
与世界互不相欠	冯 仑	031
强烈的爱好可以抵抗衰老	[英]帕特兰·罗素 译/徐景林	032
人的追求只有均衡，才能自由	周才鸿	033
世界的模样在于你凝视它的目光	[德]叔本华 译/李 琰	034
对不起，今晚我关机	辉姑娘	035
不要努力和别人成为好朋友	刘 同	036
女孩，应该比任何人都先学会克制	调 调	037
我拉黑了一个朋友	杨熹文	038
美人先要学会和自己恋爱	闫 红	039
没有谁比你更爱你自己	辉姑娘	040
谁可善待你	姜烨雨	041
像一只鹤	王太生	042
以体贴之心，说温柔之话	[日]枡野俊明 译/周志燕	043
往里"装"还是往外"装"	米丽宏	044
及时止损	辉姑娘	045
负暄之乐	梅 莉	046
每个人都是"唯一之花"	[日]渡边和子 译/苏 航	047
你可以放弃讨好全世界	大 熊	048

叁 自在天真

在寂静中生长	淡淡淡蓝	049
灵魂带灯的人	马　德	050
你的冰箱里藏着你生活的模样	Jenny 乔	051
你不喜欢的每一天，不是你的	宁　远	052
自律的人生真的好酷啊	巫小诗	053
上海 Lady	张今儿	054
吃商高的人，真的很有远见	梁　爽	055
25 岁最"狡猾"	袁　越	056
没有"完美的幸福"，只有"我的幸福"	蔡康永	057
为什么你要和靠谱的人在一起	风清扬	058
笨是一种怎样的体验	戴帽子的鱼	059
净身出户的老太太	倪一宁	060
保持好心情的几条锦囊妙计	李银河	061
清　事	王太生	062
自己给自己买钻石	黎贝卡	063
"退可守"没错，但也别忘了"进可攻"	李月亮	064
一个人最好的状态是什么	马未都	065
我就是想要最好的	黎饭饭	066
盯住一个点	欧阳中石	067
所谓成为大人	李起周	068
简单处世傻做人	村　姑	069
闪亮的低谷	刘　同	070
不畏惧好的人生	韩松落	071
在黄昏，我可以原谅所有事	湃耳	072
"嗑 CP"为啥比自己谈恋爱还快乐	祝　杰	073
喜欢吃鱼，就不要怕刺	巫小诗	074

肆 四时风月

被讨厌的勇气	奇点不奇	075
感情不幸福是因为缺乏单身力	欧阳宇诺	076
微胖界的才是完美主义者	Clara 写意	077
你等的人，等你的人，都是懂你的那一个	卢思浩	078
念念不忘，多半会买	调　调	079
后面总要留一手	刘　墉	080
后　熟	明前茶	081
所谓成熟，就是不再向他人索取安全感	小　娄	082
你想要的，别人凭什么给你	董改正	083
想不开的时候，就跑步	冯　唐	084
与其不喜欢自己，不如不喜欢你	林特特	085
要珍惜那个不许你说"谢谢"的人	金伯苏	086
对别人好一定要让他知道	清梨浅茶	087
我就是很努力，有什么好笑的	李开春	088
总有一天，你得学会悲伤	周宏翔	089
何种选择才治愈	华明玥	090
孤独的人，为什么要吃饱饭	行　之	091
生活又不是用来比赛的	刘阅微	092
再美的远方都不抵你手中滚烫的日子	苏　琴	093
别轻易向人诉苦	张宝峰	094

伍
优游静岁

猛虎，落花	冯　唐	095
人生是会触底反弹的	王宇昆	096
人贵自立	佚　名	097
独餐与聚餐	王　路	098
岁月很长，不必慌张	沈嘉柯	099
越努力的时候，越不要让自己变难看	杨熹文	100
远方是药也是病	陈海贤	101
每一种活法，都值得被尊重	王宇昆	102
当我们谈论世间万物时，我们在谈什么	李　察	103
边　界	火灵狐	104
复杂的优雅	陈思呈	105
不安是安心之母	唐辛子	106
没有赢	刘　墉	107
戏外之戏	尤　今	108
吃掉生命的隐形黑洞	艾　力	109
来自陌生人的慢待	调　调	110
不同情往往是种大智慧	旧时锦	111
立　定	罗振宇	112
一棵野蔷薇就这样把春天顶了出来	余秀华	113
如何安心	杨　健	114
争强好胜与随遇而安	陆凉风	115
即使再难，也该给生活一点仪式感	曾　颖	116

陆 诗酒年华

摈弃费力的生活	李银河	117
紫云英盛开的 20 岁	刘一平	118
闪亮雪花：我努力而又灿烂的 20 岁	池落月	120
20 岁的天空	张晓光	122
20 岁的菜鸟学修书	施凌燕	124
我 20 岁的军旅回忆	李奕洋	126

壹·天地徜徉

日出与日落

□苇 岸

写《自然与人生》的作家德富芦花观察过落日。他记录太阳由衔山到全然沉入地表，需要三分钟。我观察过一次日出，日出比日落缓慢。观看日落，大有守侍圣哲临终之感；观看日出，则像等待伟大英雄辉煌的诞生。仿佛有什么阻力，太阳艰难地向上跃动，伸缩着挺进。太阳从露出一丝红线，到伸缩着跳上地表，用了约五分钟。

世界上的事物在速度上，衰落胜于崛起。

生活在自在和豁达的心境中

◎ 俞敏洪

我最喜欢这样的四句话，第一句话是：爱的时候，要像从来没有因为爱而失望过一样。

人们很容易因为爱而失望。如果你爱过别人，又被你爱的人伤害，你就很难再爱第二次。我看到过一种说法，一个女人第一次失恋会痛苦六个月，第二次失恋会痛苦三个月，第三次就几乎不痛苦了，因为在男人把她抛弃以前，她就已经把男人抛弃了。这种做法好像能使生活变得轻松，却是一种玩世不恭的做法。真正重要的是在一再被人抛弃、一再因爱而受伤害的时候，你依然能够真诚地去爱，在别人抛弃你的时候，你依然能够尊重别人，也就是说你的爱不受外界环境的影响。若能如此，你就活得真诚而潇洒了。

第二句话是：工作的时候，要像自己不需要钱一样。

工作应该是因为工作本身给你带来乐趣，如果只是为了钱而工作，工作的乐趣就会荡然无存。一心工作，到最后你一定会得到回报，不仅是财富上的，而且是尊严上、友情上、地位上的回报。这些回报加起来，远远比你单纯计较钱的回报要大得多。世界上很多人没法理解这个道理。

最后两句话是：跳舞的时候，要像没有人在看你那样。唱歌的时候，要像没有人在听你一样。

不仅仅是跳舞唱歌的时候，生活中很多事情都是如此。如果做事情的时候担心别人的评判，希望得到别人的赞美，你就会非常拘谨，就会把自己伪善的一面暴露出来，别人就会更加看不起你。在尊重别人的自由和尊严的前提下随性自然，别人会对你更加尊重。要达到这两句话的境界，跳舞随性而跳，唱歌随性而唱，也是不容易的事情。中国的少数民族同胞跳起舞来，唱起歌来都非常美，那是因为他们在发挥自己的本性，在尽情表达自己真实的欢乐和痛苦。我们唱歌的时候，往往每唱一句都会担心别人到底怎么想，而这恰恰会使我们的生活变得忸怩而拘谨。

"孤独终老"，这多酷啊

◎音乐水果

"我已经达到了十级孤独——自己去看病。"

对照"人类孤独指数"图表，好友蕾蕾感慨道。在这个图表中，自己吃饭、自己旅行都不算什么，自己养老、自己看病才是终极孤独。去年，她生了一场病，医生建议做手术，这些都需要她独自面对。病后康复的蕾蕾说："我现在觉得甚至可以和奥特曼一起拯救世界，一个独自做手术的人，还有什么怕的？"

孤独是长久的，也是相对的，就像我的老房东说的那般："孤独嘛，才是我永恒的伴侣。"那是一位年逾七旬的老爷爷，退休后，他就把自家的小房子改造成了民宿，迎接来自全世界的客人。好客的老房东也热爱旅行，但凡订了机票，他就把民宿一关，背着登山包去溜达。他的客厅书架上是一排排蓝书皮的旅行攻略，我随便抽出一本翻看，都有他做的详细笔记。

一个人的退休生活也异常忙碌，若是天气好，他午睡起来就坐在自家后院，戴着太阳镜看书，把自己晒得通红。待太阳西斜，他就把船绳松开，自己划着小船在河道里前行。

在一次闲聊中，我问他："如果你感到孤独，你会怎么办？"

"找点事情做，"老房东喝着咖啡笑答，"听唱片，做家务，吃东西，或者躺着晒太阳哼歌，或者回英国看望我的妹妹。我一个人过了四十多年，早就习惯啦，就是这样的一个人的状态，才是最适合我的。"

我心想，这和梭罗所秉持的理念相似，如果一个人充满自信地向他的方向前进，并努力过着他所想象的那种生活，那么，他就会遇见意料不到的成功。对于荷兰老房东而言，把孤独当成伴侣，就是他对生活的最终追求。这让我对"孤独终老"四个字突然产生了敬意：这多酷啊！

梭罗也说过："我独自一人时，确实也乐在其中，不过我发现有人相伴时，其中的乐趣更大——我们可以在生活中相互扶持。"所以，人们在享受孤独的同时也需要陪伴，哪怕短暂，也能给予心灵温暖，带着这份暖意，我们回归孤独的怀抱，与这个人生永恒的伴侣继续相守，白头到老。

挑一只
称心如意的碗

◎ 鱼子酱

一代老饕袁枚在《随园食单》第一章"须知单"中，就曾对美食与美器做出点评，认同古人所言，"美食不如美器"。有意思的是，除此一节外，老袁用了整整十二章大谈特谈"美食"，从江海说到天上，从饭前粥米说到饭后茶点，包罗万象，细致周全，却唯独没再谈"美器"。是故，在此，我斗胆将"古人所言"稍作修改——美食亦如美器。食与器的搭配组合，于我眼里，是生活，亦是一出高于生活的餐桌美学。

乍暖还寒时，蟹肥膏黄。说起中国人啖蟹的悠悠历史，其渊源可推至西周。自魏晋起，食蟹兴起。月下临风，品蟹赏菊，本是风雅美事。然而，徒手执蟹而食，难免显得俗笨；若改用左手持蟹螯，右手持酒杯，虽不羁却也难说具有韵致。如何将"品"字发挥得淋漓尽致？明代江南的能工巧匠于是发明了一种专门的食蟹工具，包括锤、镦、钳、铲、匙、叉、刮、针，俗称"蟹八件"。蟹锤锤盖，蟹钳碎螯，蟹匙取膏，蟹针剔肉，一来二去，蟹之甘腴，酒之醇美，不醉自醉。膳毕，至巧者剔蟹胸骨，八路完整如蝴蝶式，独孤求败，引得群羡。

事实上，食料的精细与否从来不是问题，即便素朴如白米饭，选对了食器，亦叫人心生欢喜。舀一勺米饭轻扣于陶质碗内，细腻的坯底，用具有自然气息的素黄与高绿搭衬着担当主色调，随性的手绘线条看似拙朴，实则别有一番滋味。端上桌的瞬间，如同一抹来自乡间田野的春风拂面，生机盎然。抑或盛一团置于刷上了极为内敛的金色的碗中，米粒的润泽与暗金色交辉，此间华美可谓不动声色，低调的奢华简直让人爱不释手。听说过一句话，"好的食器，会让人珍惜碗中的每一粒米"。诚然，古朴也好，精致也罢，即便只是形色普通的器具，一旦有了食物的加盟，亦顿生鲜活。食器的伟大在于"不喧哗"，安静地衬托，却让人分外珍惜碗中的天地。

絮语及此，不妨今夜小确幸一回。挑一只称心如意的碗，招待自己。

找个有趣的人
白头偕老

◎ 正经婶儿

　　清代人蒋坦写的《秋灯琐忆》里，他的妻子秋芙就是个有趣的人。秋芙酷爱下棋，她棋艺不精，但是又常常拉着蒋坦下棋直到天亮。有一次，她把下注用的钱都输光了，蒋坦笑她赢不了。秋芙不服气，堵上自己佩戴的玉虎，结果这局眼看又要输，她便耍赖使唤怀里的小狗爬到棋盘上搅局，蒋坦拿她没办法，而这也成为蒋坦后来枯槁暮年的亮色回忆之一。

　　林语堂曾说，《浮生六记》里沈复的妻子芸娘是中国文学史上最可爱的女人。她的不俗之处在于，即便是夫家没有给她提供足够好的物质生活，她也能够把琐碎的生活过得快乐无比，一蔬一饭都能自得其乐。群居的时候不哀怨命运，孑然自处的时候随顺喜乐，无论被这个时代怎样对待，都可以找到平凡的乐趣。

　　有一次沈复插了一盆花，但是总觉得不够生动，芸娘看他苦恼，于是找来小蝴蝶和些许小昆虫，用细细的丝线缠绕在花木的茎秆上，这神来之笔，见者无不称赞沈家的盆景有奇思妙想。

　　芸娘守规矩，但不假正经，侍奉公婆是本分，外面的世界她也很好奇。有一年她想去看庙会，可是碍于是女子，于是和夫君稍微一商量，瞒着婆婆，在家里偷偷把眉毛画粗，戴上帽子，微微露出鬓角，穿上夫君的衣服，扎紧腰带，脚踩时兴的男士蝴蝶履，拉起沈复一起去逛庙会。

　　有趣的女人是捕手，敏捷地捕捉着生活中的美。

　　芸娘自然是一个有趣的姑娘，她的能力在于她可以把最琐碎乃至最落魄的生活过得生机盎然。尽管生活对她严厉，但她依然勤快地捕捉着美好，这是中国古代士人讲的"趣"，这个趣是宠辱不惊，是"不以物喜，不以己悲"，是"在陋巷，人不堪其忧，回也不改其乐"。

　　就找个有趣的人白头偕老，然后把日子经营得红红火火。容貌总会改变，面颊不可避免要松弛，可是对于生活的趣味则如同一技傍身，学习不来，学会了就丢不掉。即便生活并不如意，粗茶淡饭不要紧，朋友散场没关系，兵荒马乱也无所谓，和这样的人在一起，一盏红烛，一杯烧酒，可饮风霜，可温喉。

在喜欢的事上做第一名

◎ 林特特

楼婷婷是我的邻居，大我一岁。她从小喜欢孩子，也喜欢做手工。她将一块花布裁成几片，分别裹上棉花，缝合、组装后，就是头和四肢。她再用两粒黑扣子做眼睛，将黑毛线搓成头发，或扎，或披；等她给娃娃贴上绒布红嘴唇，就大功告成了。中考结束，楼婷婷送给我一个娃娃。

楼婷婷读技校的最后一年，在工厂实习，工厂产品是洗衣机，她的工作就是搬洗衣机。一日，楼婷婷兴奋地跟我说，有个比赛她获奖了，参赛作品是布娃娃。她兴奋地说："幼儿园园长好喜欢我的娃娃，问我有没有时间教他们的老师做。"

她为此付出诸多努力。她做了很多布娃娃，又渐渐从娃娃拓展到各种动物，有十二生肖、恐龙，还有各种指偶。

可她跟我谈更大的梦想。她说，她最喜欢的事，就是哄一堆孩子开心，她最擅长的事也是如此——她从小就享受做孩子王的感觉。

她终于成了幼儿老师。两年后，幼儿园撤销了。于是，她跳槽去一家民办幼儿园，她说，要办自己的幼儿园。她还向我打听，在当地报纸上刊登招生广告的价格。她争取到父母亲友的支援，再抵押了房子，集合过去的小伙伴，从八个孩子开始到如今的几十个孩子。

前年，她不知用什么能耐，加入了一个知名连锁幼儿园。

"我们幼儿园崇尚自然，关于玩具，我们提倡布艺，都是我们的老师自己手工制作的。我们也提倡孩子们和我们一起做，用手工释放压力。"楼婷婷语速很慢，听起来温和、可靠。

楼婷婷带我参观她的幼儿园，在室外活动场所，我看到一位老师正弯着腰和一个小姑娘说着什么。

"我睡觉没有得第一名。"等我们走近，仍听见小姑娘在抽噎。

楼婷婷喊她的名字，摸着她的头说："上午你把玩具收拾得又快又整齐。第一名当然好，但如果不能样样都好，喜欢什么，就把那一样做好，也不错。"

这句话听着耳熟，听得我也想去摸摸那小姑娘的头。

我们不会变得更老，只会变得更好

◎蔡　澜

　　每个人只能年轻一次，大家都歌颂青春的无价。但是每个人也只能中年一次，老年一次。人生每一个阶段都珍贵，何必妄自菲薄呢？

　　人类都会老，老并不是一件可怕的事，但是老得顽固和老得懊恼就不值得活下去。我们有肉体年龄和精神年龄，家父说他50岁之后，生日便开始倒数，所以今年算起来才20岁。

　　反而，生活刻板，不苟言笑，毫无嗜好的年轻人，他们才是真正老了。

　　又老又胖的男人，很失礼吗？那是信心问题，不以财富衡量。家庭清贫，但衣着干净，不蓬头垢面，黑西装上没有头皮屑，指甲修得整齐，这是对自己的尊重，别人看见也舒服，与胖和瘦无关。

　　人生必经之路，迟早到来。等它来临时，不如做好准备，享受它的宁静。

　　人总得向自然学习，最好临终之前，散发出花香。

　　年纪大了，有个好处，就是可以尽量地少说假话，少骗人。

　　我们会发觉讲真话，是多么舒服，多么过瘾。在我的例子，我竟然可以用讲真话闯出一个名堂。

　　老，必须老得庄严。

　　老，一定要老得干净。

　　老，要老得清香。

　　是否为名牌已不重要，但天天洗濯烫直。衣着整洁是对别人的一种尊敬，也是对自己的尊敬。

　　皱纹是自傲，但须根应该刮净，做一个美髯公亦可，每天的整理，更花费时间。

　　年轻人说："你们老了。"

　　不，不，不，不，我们不会变得更老，我们只会变得更好。

　　但愿自己能像红酒，越老越醇，一股香浓，诱得年轻人团团乱转。一切看开、放下，人生豁达开朗，那有多好！

掌控人生的90%

◎孙贤奇

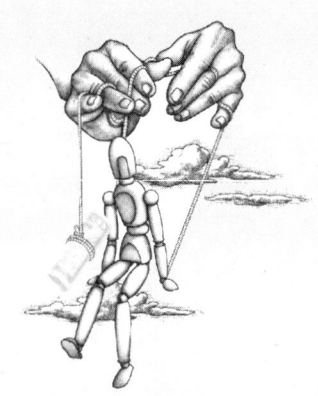

著名"费斯汀格法则"说的是：生活中的10%是由发生在你身上的事情组成，而另外的90%则是由你对所发生的事情如何反应所决定。换言之，生活中有10%的事情是我们无法掌控的，而另外的90%却是我们能掌控的。

费斯汀格举了一个例子。卡斯丁早上起床后洗漱时，随手将自己的高档手表放在洗漱台边，妻子怕它被水淋湿了，就随手拿过去放在餐桌上。儿子起床后到餐桌上拿面包时，不小心将手表掉在地上摔坏了。卡斯丁心疼手表，就在儿子的屁股上揍了一顿。然后黑着脸骂了妻子一通，二人激烈地斗起嘴来。一气之下卡斯丁直接开车去了公司，快到公司时突然记起忘了拿公文包，又立刻转回家。可是家中没人，卡斯丁的钥匙留在公文包里，他进不了门，只好打电话向妻子要钥匙。妻子慌慌张张地往家赶时，撞翻了路边的水果摊，摊主拉住她不让她走，要她赔偿，她不得不赔了一笔钱才摆脱。待门打开拿到公文包后，卡斯丁已迟到了15分钟，挨了上司一顿严厉批评，卡斯丁的心情坏到了极点。下班前又因一件小事，他跟同事吵了一架。妻子也因早退被扣除当月全勤奖。儿子这天参加棒球赛，原本夺冠有望，却因心情不好发挥不佳，第一局就被淘汰了。

在这个事例中，手表被摔坏是其中的10%，后面一系列事情就是另外的90%。由于当事人没有很好地掌控那90%，才导致了这一天成为"闹心的一天"。试想，卡斯丁在那10%产生后，假如作出另一种反应。比如，他抚慰儿子："不要紧，儿子，手表摔坏了没事，我拿去修修就好了。"这样儿子高兴，妻子也高兴，他的心情也好，那么随后的一切就不会发生了。可见，你控制不了前面的10%，但可以通过你的心态与行为决定剩余的90%。

在现实生活中，常听人抱怨：我怎么就不走运呢，每天总有一些倒霉的事缠着我，怎么就不让我消停一下有个好心情呢，谁能帮帮我？这都是心态问题。其实能帮助自己的不是他人，而是自己。倘若了解并能熟练运用"费斯汀格法则"处事，一切问题就迎刃而解了。

自以为美

◎傅佩荣

"自以为美"出自《庄子·山木》，故事很短：阳子之宋，宿于逆旅。逆旅人有妾二人，其一人美，其一人恶。恶者贵而美者贱。阳子问其故，逆旅小子对曰："其美者自美，吾不知其美也；其恶者自恶，吾不知其恶也。"阳子曰："弟子记之！行贤而去自贤之行，安往而不爱哉！"

这段话的意思并不复杂。一个人有两个妾，一个相貌美丽，一个相貌丑陋。结果这人对美女很冷落，对丑女却非常宠爱。一般人会奇怪，怎么会有这种人呢，好像弄反了嘛。答案很简单，他说美丽的人以为自己美，我却不觉得她美；丑陋的人以为自己丑，我却不觉得她丑。为什么呢？因为一个人美丽而自以为美丽，自然就有一种娇气，觉得你看我长得比别人好看，很高傲；相反，一个人外表丑陋，她知道自己丑陋，性格上反倒会比较温柔，比较谦虚。而人跟人相处久了，外表真的已经不重要了，因为每天看很熟悉了，长得好看又能怎样？

庄子对这种情况很了解。他说一个人长得很美，如果没有人告诉她，她也不会觉得自己美；如果有人跟她说，哎呀，你长得真美；她就忽然开始喜欢照镜子了，喜欢跟别人比较，最后她的美就只剩下外表。人更重要更恒久的是内在修炼。你要能认识自己，知道自己到底要追求什么。你跟别人来往时，要尽量减少别人对你产生的影响。如果经常有人对你说，哎呀，你长得很美，这反而让你失去了了解自己的机会，忘记要耕耘自己内在的部分。

所以阳子最后跟学生说："行贤而去自贤之行，安往而不爱哉！"你可以做好事，但不要老是念念不忘自己做了好事，这样你到任何地方去，谁不欢迎你呢？这就是老子所说的"自伐者无功"，自己夸耀自己，功劳就谈不上了；你不夸耀自己，别人反而会记得你的功劳。一个人越是谦虚、内敛，别人越喜欢说你有什么样的成就，这是一种人性的自然状况。因为你的谦虚对他来说没有什么威胁，没有什么压力，他可能很乐于承认你的成就。相反，你自吹自擂、自夸自大，别人看到你就有压力，觉得有威胁，反而不愿意承认你有什么杰出之处了。有句格言："善于隐藏者乃善于生活者。"一个人善于隐藏，他才善于生活。

仪式的力量

◎李松蔚

有一个来访者是大学生。他总结了一条规律：他今天精神状态好不好，学习效率高不高，晚上能不能按时睡觉，只需在回到宿舍之后的5秒钟内就能做出判断。他把外套脱下来，既可能花5秒钟，细心搭到衣架上，也可能随便往床上一扔。这5秒之差，会影响他一天的后半段精力是否充沛。

"我把衣服和书包扔到床上，坐下来，莫名其妙就感觉很没劲。"

这种"没劲"的感受，一发不可收拾。坐着玩手机，本想玩几分钟就好，结果越玩越懒得动。什么事都没劲：不想学习，不想吃饭，不想上厕所，一切都在往后推。一直玩到天黑，室友进门吓一跳："哟，怎么摸着黑玩手机，灯也不开！"一件外套是否搭好，本身并没有多少实质性的价值。做了也不会赚，不做也没有亏。绿豆芝麻的一点事，为什么会影响一个人到如此地步？

其实，一个人再怎么累了一天，回到宿舍，绝不至于连搭衣服的力气都没有。假如这件事真有什么好处——譬如，这件外套特别贵重，不允许有褶皱——自然也就做了，不费吹灰之力。之所以懒得做，就是因为没什么好处。没有好处的事，何必费一道手呢？我现在认识到，这一理念对现代人至关重要。如果听从这样的想法，干脆放弃了这样的事，就会陷入意义感的困境。

不能那么想。那样生活会变得很没意思。

支撑我们的意义感的，一部分是理性，还有一部分就是不符合理性的行为。有些事情我们能说出好处："对，我学习就是为了将来赚大钱！"还有些事情我们说不出好处，没有非做不可的理由，但就是一丝不苟地做，而且做得津津有味。比如回到宿舍，把衣服搭好，把鞋换了，把书包放到写字台上，把灯光调到舒服的亮度，把茶泡好。我们很少去解释："我泡茶是为了……"它就是一个再朴素不过的仪式。但在意义感这件事上，永远不能小看仪式的力量。

理性人倾向于省力，追求极致的投入产出比。而仪式的价值恰好在其反面，它不问回报，只求参与。而所谓的意义感，只会在一个人把衣服一丝不苟搭好的过程中，无须思考这样做有什么好处，自然而然地浮现出来。

寂寞时光是最好的增值期

◎李尚龙

寂寞时光是最好的增值期，不幸的是，那些独处的时间，终究会随着我们年龄增长而消失。

我记得一个朋友前些时间在准备一个辩论比赛，因为需要查阅大量资料，背诵大量专有名词。于是，很爱玩儿的他，竟然三个多月电话打不通。后来，我才知道，他去了个安静的地方租了间房子，每天除了查资料就是对着墙一遍遍地跟自己对话，搞得他都快人格分裂了。

幸运的是，那年辩论赛，他拿了最佳辩手。

他说，只有偏执狂，才能创造卓越。而我说，因为那些寂寞时光，才创造出卓越的他。

寂寞时光，是最好的增值期。

我有一个朋友是一位程序员，因为不喜欢自己的工作，辞职了，我们都特别担心他的状态，吃饭的时候会关心地问："你什么时候找工作啊？"

他笑着说："不着急。"

我问："为什么不着急啊？"

他说："我还有点存款，够扛一年。"

我没有说话，之后我们许久没有联系，一年后，我才知道他的厉害：这一年的gap year（空缺年），他考了驾照，健身减肥20斤，读了100多本书，自考了注册会计师，从此成功转行。当他走进一家会计事务所时，他才告诉我们这一年为什么我们很少能看到他，因为他在这一年的寂寞时光里，厚积薄发着，平静地努力着，终于，他成功转型，变成了自己喜欢的样子。

相反，我遇到大多数的人，在人生寂寞的时光中因为纠结、焦虑，最后浪费了最能让自己升值的机会。不用羡慕那些在台上熠熠生辉的人，也不用羡慕那些在其他领域叱咤风云的人，他们不过是在没人的时候，耐住了寂寞，自然，也就能在今后享受得起繁华。

愿我们都能耐得住寂寞，用好增值期，成为更好的自己。

别人的房间

◎艾小羊

  开咖啡馆当然会遇到很多开心的事，但有时候也会有不那么开心的事，比如店员最怕的就是看到带小朋友的顾客。能被家长带去咖啡馆，又让店员望而生畏的小朋友通常五六岁，我们特意准备了一些绘本给孩子们，然而很少有孩子会安静地看，他们跑进跑出，大声喧闹，把咖啡馆当成了野营地。

  一次，三个母亲与三个孩子，坐进了一间包房，结账时，一个七八岁的小女孩跟母亲一起出来，母亲边拿钱，边对她说："你知道了吧，这就叫有情调的生活。"

  女孩用手拨弄黄铜的手工磨豆机，说："下次你还带我来吃蛋糕。"

  我送他们出门，转头听到服务员的惊叫声。

  他们用过的房间，每一张桌布上都泼洒了柠檬水、咖啡、饮料，用过的纸巾扔得满地都是，仿佛这个房间里刚刚坐过十个重症感冒患者。他们自己带了很多零食，剩了一点的零食与各种零食的包装袋随处都是，摆在藤椅上的两束干花也被拆开了，散落一地。

  晚上，跟一个朋友聊起这件事，她也正为自己出租的房子被弄成猪窝而愤怒。

  "别人的房间你的确不必很珍惜，但你是要待在里面的呀，房间是别人的，环境是你的，你就一点都不为自己的环境负责吗？"她的愤怒，其实也是我的困惑。

  因为是别人的房间，因为付了钱，所以他们懒得动一根手指头，去保持环境的整洁，好像无论那儿多么脏，都与自己无关，反过来，即使那里是干净的，也不是他们的荣耀。

  与其说这是私心，不如说是习惯吧，习惯于在别人的房间里变成另外一个自己，不爱惜，不珍惜，无所谓，很邋遢。就像那些被带到咖啡馆的孩子，没有人告诉他们，应该爱惜那些桌布，应该带走自己的零食袋。当他们成为成年人的时候，也会自然而然地觉得保持别人房间里的卫生，不是自己分内的事，哪怕他要在这个房间里生活一段时间。

好气哦，又没发挥好

◎ ITACHI

　　人生中的"小确幸"之一，就是在一次争吵中大获全胜。把对方怼到哑口无言的那一刻，你依旧面无表情。但在场的各位都知道，你在狂笑。而相对地，一场吵架中气焰逐渐熄灭的一方，会在结束后不止一次地深刻反省：为什么我没发挥好？

　　"吵架没发挥好"的确算得上生活中的众多遗憾之一。它像一根刺，看起来微不足道，却总是莫名地让你想起那天那些本应说出口却没想到的话。

　　吵架没发挥好，到底"气"在哪？如果是在人数超过两个人的场合，总觉得输掉的不是一场唇舌交锋，而是自己脆弱的尊严。不管有理没理，只要最后哑口无言的是你，就默认为你没道理，这谁能不气？从某种程度上说，吵架也算是两方一对一battle（战斗），是包含词汇量、知识储备、语言表达能力、临场反应能力的综合考验。

　　即使一场普通又日常的争吵远没有达到比拼智商的程度，但回想起现场自己憋红了脸张口结舌的状态，与自己心目中三分凉薄三分讥诮四分漫不经心的淡定大神段位，差的不是一点半点。吵完之后的当天夜晚，一个人躺在床上翻来覆去，突然想到一条完美击溃对方的妙计，才是真正的杀人诛心。失败的号角已经吹响，而你才刚刚为战斗囤好军粮。

　　大多数人在经历过一次不甚满意的吵架场面之后，都会萌生一个想法：这次没赢，下次一定赢。实际上，吵架虽然有随机性，这次没赢，即便过后想出了缜密的反击体系，下次极大概率还会是一样的结局。

　　吵架消耗时间和精力，但吵架恰恰是生活中不可避免的环节，当遇到人身攻击的低级争辩，自己又说不出和对方身份相符的话时，最好的做法，就是转头不理，尽早止损。当然，也有的吵架，本质上是为了解决问题。房子装修、孩子上学、家长里短……这样的吵架，虽然双方都经历激烈的意见碰撞，但最终引导的，是对某件事情的关注和反思，或是对一段关系和相处模式的重新审视。

　　而且，面对突如其来的吵架，自己的应变能力、交流能力也能得到不小的提升。正所谓熟能生巧，经历过几次历练和事后反思学习，通常会有显著进步。所以不必担心这次没发挥好，这次不行，总有下次，下次不行，还有下下次……

花费时间和浪费时间

◎林清玄

　　李小龙尚未在电影圈成名时,在好莱坞教授武术。有一天教完武术,他和他的弟子,有名的剧作家史托宁·施利芳一起喝茶聊天,谈到了"花费时间"和"浪费时间"的不同。

　　"花费时间是把时间花在某一个方式上。"李小龙首先开口,"在练功夫时,我们是花费时间,现在谈天,也是花费时间。浪费时间则是糊里糊涂或漫不经心地把时间耗掉。我们有时把时间花费掉,有时把时间浪费掉,至于花费或浪费,就靠我们自己的选择了。无论如何,时间一过去,就永远不会回来了。"

　　"时间是我们最宝贵的商品。"史托宁同意,"我总是把时间分成无数的瞬间、交易或接触。任何人偷了我的时间,就等于偷了我的生命,因为他们正在取走我的存在。当我岁数变大时,我知道时间是我唯一剩下的东西。因此,有人拿着什么计划找我时,我就会估计该项计划将花掉我多少时间,然后问我自己:'因为这个计划,我愿意从我所剩下的少数时间内,支取几个星期或几个月吗?它值得我花这么多时间吗?还是我只是在浪费时间呢?'如果我认为这计划值得我花时间,我就会去做。"

　　史托宁说:"我把同一尺度用在社会关系上。我不容许别人偷走我的时间,我不再广交天下豪杰,我只结交那些能够使我的时间过得愉快的朋友。在我的生命中,我空出若干必要的时刻,什么事也不做,但那是我的选择。我选择如何花费时间,而不盲从社会习俗。"

　　史托宁说完后,李小龙望着天空一会儿,才问是否可以出去打个电话。

　　当李小龙回来时,他微笑着说:"我刚才取消了一场约会,因为对方只是要浪费我的时间,而不是帮助我花费时间。"然后他很诚恳地对史托宁说:"今天你是我的老师。我首次知道我一直在跟某些人浪费时间,从前我从没想过他们是在取走我的存在。"

　　我一直很喜欢李小龙的这个故事,想到李小龙之所以以很短的时间、少数几部电影就令人念念不忘,是因为除了他的电影和无数荣誉,他还有一种敏于深思的气质。

抱膝看闲街

◎马 德

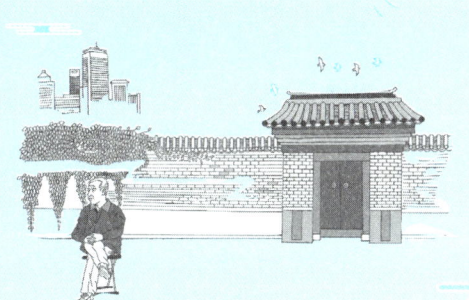

家里曾养过一条狗，它吃独食的那些时光，日子过得慢条斯理。给它喂食的时候，它也是一副与世无争的样子，甚至都懒得对你摇尾巴献媚。后来，家里又养了一条小狗，它便再不是原来的样子了，吃着自己碗里的，还要盯着另一个狗盆里的食物，有时候还要把人家狠狠咬开，胡乱抢上几口，才逡巡着回到自己这边来。

按道理讲，给它的食物足够它吃，但放在另一个盆里的东西，还是让它躁乱得不行。

不是每个生命在欲望面前都能安之若素。这不仅要看其定力，还得看其所拥有的智慧。

有个妈妈领着孩子去赶集。按当地惯例，买完东西之后，商贩们总是习惯再搭上一些，以示乡邻之谊。小孩记得，如果果贩搭上两三个果子，妈妈总是只留下一个，把剩余的都给人家放回去。"给咱们的，为什么不要？"回来的路上，孩子嘟囔着，很不高兴。妈妈说："孩子，多了的不能要，否则，下次连这个也得不到了。"

若干年后，孩子长大成人，开了公司，在一次职工大会上，谈及这件事，他说："我现在才算明白了妈妈的话，人不贪，有够，别人才敢放心地靠近你，或者说才敢放心地给你点什么。"

汪曾祺先生曾经写过一位老人，他的家正对着当时北京101路公共汽车的站牌。老人的生活很简单，早起扫地，先扫他那间小屋，再扫门前的人行道。一天三顿饭，早点是馒头就咸菜喝白开水，中午晚上吃面。一年365天，天天如此。

老人的儿子过得不错，但老人不跟儿子住。他每天吃完面，喝一碗面汤，刷刷碗，然后就坐在门前的马扎上，抱着膝盖看街。老人的一辈子经历了很多大事，解放战争，各种运动，三年困难时期，但每一件事好像都跟他没有多大关系，每天吃罢炸酱面，便继续往马扎上一坐，抱膝看大街。

汪先生评价说："他活得平静，无欲无求，天然恬淡，简直就是活庄子。"我想，只有那些活得简单而欲望少的人，才会抵达如此之境界吧。

方寸之地

◎子 沫

　　记得有个朋友曾提起过，他们家有一张桌，桌面呈长方形，材质很好，简单朴拙。这张桌真正用到了极致，吃饭、小孩做作业、大人阅读、做手工，还可以喝茶闲聊。她说，她家最贵的家具是那张桌子，利用率最高的也是那张桌子，好东西才经得起时间和使用，人和物都有了某种交融和渗透，少即是多，也成就了彼此的珍重。从某种意义上说，她是最懂惜物的。

　　说到这个，想起了电影《步履不停》《海街日记》。普通人家，兄弟姐妹几个，以小城为背景。《海街日记》的背景是镰仓，那个比京都更古老的城市，靠海，有老街，安静的街道，樱花隧道，家族的老宅，很旧很老，有小小的庭院，二楼小小的房间，只容得一榻一桌，有朝南的小小落地窗，可以看到庭院里的梅树，起风的时候，窗口有风铃。蝉声阵阵。恬淡，宁静，悄悄做人。

　　每每最打动我的还是电影里的起居室和小庭院，那是一家人的灵魂，哪怕有再多的疲累和不快，回到这个地方，大概都没什么好怕的了。只有方寸之地，只需要方寸之地。院子里的梅树是家里的祖辈种下的，几十年过去了，每年还长梅子，每年都要酿梅子酒。饱满的梅子，家人根据自己的口味酿不同的酒，偏酸的偏甜的，或是酒味浓的酒味淡的，封在透明罐子里，放上好多年。家里还留着外婆酿的梅子酒，清冽透澈……闲暇时，倒上一杯，与亲人在起居室随意坐下，庭院里阳光正好，说点什么都好，有一句没一句的。真喜欢这样的场景。其实客厅只需一张矮桌就好，一张桌，一面落地门，一个小庭院，听雨看雪，四季更迭，好像什么都有了。正好，最近看到一个美食家回忆自己小时候吃关东煮的片段，普通牛筋用沸水煮沸，加入白萝卜、水煮蛋，再炖上两三个小时，汁白汤浓，最后放豆腐，只需烫一会儿，就捞起来放在米饭上，加汤一起吃，那种美味，没什么能比。

许多想做的事

◎李松蔚

一个学生告诉我，他渴盼放假。"我有许多想做的事，只是没时间。"

我说："你有这么多想做的事，从哪一件开始呢？"

他沉吟了一小会儿："我想先出去旅行吧。"

"想去的第一个地方是哪里？"我不依不饶。

他摇了摇头："想这种事情有意义吗？我又不可能真有那些时间和那些钱，哪儿都去不了，只能在北京城里逛逛。"

"北京城里有你特别想去的地方吗？"

他陷入了沉默，过了好几分钟，他小声地开口："我不知道，我从来没想过这个问题……"他抬头看我的脸色，用一种询问的语气说："去，去玉渊潭公园看樱花……算不算？"

我问："是怎么想到玉渊潭公园的？"

他挠了挠头："主要就是有花吧……"

一个缺乏底气的答案，然而才是他的真实答案。在这之前，他以为有很多美好的想法，那些想法之所以美好，是因为它们还只是"想法"而已。不费力气地想一想，一个人足以在头脑中游历全世界，足以做成一切事，成就一切美好的可能，"没有时间"就是最好的堡垒。一旦这座堡垒被攻破，里面的种种美好就必须接受现实的风化。

后来他告诉我，他去了玉渊潭公园。事实上，我们上午谈完话，中午吃过饭他就去了。"比想象中失望。"他说，"全是人，到处逛了一通，没什么意思。"这很好，起码他失望过了。我问："第二个想去的地方是哪里？"他笑了，这次答得相当确定："我想去看一场话剧。"

"许多想做的事"是一种最常见的防御，让人自以为充满目标。这就是为什么很多人永远在抱怨"没有时间"。你永远没办法找到足够的时间，完成"许多"事情。所以有许多想做的事，约等于什么都不想做；只有想做一件事，才是真的想做这件事。

"慢生活"的实质，其实是自由

◎ 许崧

我对"慢生活"一直有点儿误解。不知为什么，我头回听说"慢生活"，脑海里浮现出的画面是个老头背着手很慢很慢地踱步。然后思维就像弹球一样弹跳了几次，最后击中了这么个靶心——"过慢生活的动作要那么慢，太难为人了，我过不了"。

直到有一天，我不知怎的脑子一抽，忽然闪出个念头来："这'慢生活'，他们说的……该不会就是我们吧？"——作为一个搬来大理生活八年半的杭州人，我好像还挺符合慢生活描述的。我的邻居们也都一样，也都符合。

程昌当年是给时尚杂志拍封面的摄影师，干了几年实在累坏了，想要换种生活，关了开在首都的摄影工作室，来到大理，开了家饭馆，不幸开张就遇到旅游旺季，忙得飞起，累惨了。后来程昌醒悟过来，又干回了摄影。他花了几个月时间拍了一组大理十二时辰的照片，在微博上"红"了，开始有人找上门来要"旅拍"。

如果要说这是"慢生活"，我大概能理解这意思，但依然认为这张标签是经不起推敲的。程昌不慢，我们并不慢，我们只是自由。

当然，自由不是为所欲为，而是心里没了羁绊，可以从容了。从容地、不慌张地、可以随性一点儿做喜欢的事，才是程昌的状态，跟快慢无关。

人能同时把三大要素凑齐是很不容易的，"自由""时间"和"钱"。自由和时间不是一回事。一个人也许有很多时间可以打发，但是被人管着没自由；一个人也可以想干什么就干什么，但就是太忙没时间。我们人生中都曾经拥有无拘无束的自由，或者多得用不掉的时间，这种体验令我们不假思索地误以为自由和时间是无足轻重的，因而愿意付出自由和时间去交换最不确定的第三要素——钱。这其实是拿贵的去换了便宜的，拿困难的去交换了容易的。

想明白这件事，也许就真的自由了。

既然是自由的，生活在哪里便不重要。不管是在城市还是乡村，只要不焦虑，从容、不着急的生活就开始了。不管用什么标签去描述，这至少是一种值得追求的生活。

发发呆吧，那也是创造力

◎李稻葵

中国古代说疲劳，"疲"比"劳"更可怕。

劳的话，睡一觉就缓解了；疲是心累，对什么事都提不起兴趣。回想自己的生活工作，疲的时候，是否对什么都不感兴趣，胃口也没有，书也不想读，电影也不想看……

用时下的"网红"词来表达，就是"丧"。

真疲了，人就应该发呆，放空一切，所以我们才有古老的传统安排，比如源于犹太教的每七天休息一天已经被全世界广泛采纳。

回过头想，咱们的端午、十一、春节，目的不也都是有所纪念，重温历史，吐故纳新吗？学校放寒暑假也是这个道理。

从更大的角度看，有些孩子短期内学习不好、瞎玩，或者一些成年人所谓的"不务正业"也是一种发呆，那是大发呆。

2013年，寂寂无闻的华裔数学家张益唐，发表了一篇里程碑式的素数研究论文，震惊学界。

他的经历就很有代表性：他读博期间没找到工作，有十多年过得非常窘迫，一度去赛百味打工。尽管后来他获得了一所普通大学的讲师职位，但他仍然专注于研究素数间隔，这是一个高难度的纯脑力"游戏"。

夏季某一天在朋友家后院，他一边等着看山里的鹿，一边转悠。突然灵光乍现，期待很久的解答出现在眼前："我看见了数字、方程一类的东西，很难说清到底是什么。"之后，他很快就破解了困扰数学家们很久的谜题。

所以发呆是一种生产力，人必须休息好了，才能对温饱之外的事情抱有活力和兴趣，才富有创造力。

这两年，手机剥夺了我们的发呆时间。但手机再厉害，终归是处理日常的小智慧，它永远不会带来灵感，更多的是短暂的麻木感。

所以建议朋友们要有比手机更高一层的智慧，让自己的大智慧管小智慧。此所谓"放下手机，立地成佛"。

以少为美

◎李 娟

暮春,在扬州个园游览,园中曲径通幽,翠竹摇曳,清幽宜人。原来主人喜爱竹,取名个园,"个"乃半个竹字,诗意幽幽,爱竹成痴的主人,懂得以少为佳。个园,也深谙东方文化的审美和意趣。

静夜,在灯下读古人的帖。帖,是书法家写给朋友的便笺。读王羲之《执手帖》,他写道:"不得执手,此恨何深。足下各自爱,数惠告,临书怅然。"

只有短短二十字,意思是说,我很想念你,不能执手相看,只有各自珍重。思念成湖,情深似海,小小的帖写尽王羲之与友人之间温暖的情意,如今读来,依然感人至深。

我喜欢齐白石老人的《柳牛图》,寥寥几笔,简洁有力,却春意盎然,富有情趣。一头黑牛背对着你我,浑圆的大臀部后甩着小小的牛尾巴,黑牛站在柳树下,歪着头望着青青的杨柳,静静听春风拂过树梢。

几笔淡墨,这头胖胖的黑牛就添了牛口、牛角,牛的头上独独只画一只牛犄角,细细品来,若画两只犄角就不妥当了。此刻,齐白石老人将牛伸着脖子,仰头望着柳枝的神态画得憨态可掬,惟妙惟肖。远处是低矮的山坡,一笔画山坡,几笔画柳条,笔墨极少,却和黑牛如此相称。

艺术大美到了一定境界,也是以少为美。大多是以简静、洗练取胜。

弘一法师有一幅字,只写两个字:"知止"。"止"字,在甲骨文里,是一只小鸟合上双翅,静静地停歇在枝头。品味弘一法师的"知止"二字,有自律和自省之美。知止,不要了,足够了,知足了。他的后半生也将人世的名利、财富、繁华、虚荣全都不要了,舍弃了。

记得在苏州拙政园,见一孔月亮门上镌刻着四个小篆:得少佳趣。细细读来,滋味悠长。中国古典文化的自省、简约、节制之美都在几个美好的汉字里。

在这个尘世喧嚣、物质丰盈的时代,我们拥有的,其实不是太少,而是太多。

得少佳趣,说得多好。少,才能品味出人生的大滋味。

大 雪

◎ 许冬林

一直喜欢张岱的《湖心亭看雪》。

"大雪三日，湖中人鸟声俱绝"，这个世界万籁俱寂，只剩下雪，剩下天地一片大白。于是船夫划船，主仆去往湖心亭看晚雪。

这则小品文感动我二十余年的，不只是西湖雪景，还有那一晚，在湖心亭上，张岱遇到了一个跟自己相似的金陵人。

那个金陵人，在张岱的小舟抵达之前，已在湖心亭上铺毡煮酒。那个人，见到张岱也大喜：湖中焉得更有此人！

那一晚，张岱也一定感动。他自己，是"余强饮三大白而别"。他的船夫喃喃道"莫说相公痴，更有痴似相公者"。

那一晚，明朝遗民张岱在凛冽雪气面前，饮了三大杯酒，内心暂得安慰。

他行走在一个上下一白、晶莹剔透的世界里，放眼看，白茫茫一片，江山还是旧时江山，只是明朝回不去了。飘飘荡荡的生涯里，竟还能遇到一个同样赏雪的人，让一颗孤寂多年的心忍不住借着三杯酒停泊了一下。是的，那是个金陵人，明朝旧都金陵啊！

我常想，有一天，我们老了，光阴就像那个大雪三日的西湖，茫茫的上下一白，我们还能不能像张岱那样幸运，在晚雪面前，在清冷冷的湖水之上，遇到一个痴人，像我们自己一样痴？两个人一起，同醉同归。

朋友在微信里晒照片，也是一幅雪景，我看了，心疼半天。一望无垠的雪，雪上没有脚印，没有……雪的尽头，是一座飞檐黄墙的房子，大门紧闭——那是一座寺庙。我看了好久，好久。

有一天，时光如同纷纷扬扬的大雪，而我，经过长途跋涉，已然是厚厚的白雪在肩。彼时，在白雪尽头，有没有一座覆雪的房子，偶听"吱呀"一声，大门为我打开？

一个有阳光的下午

◎余秀华

前几天，气温很低，我以为这将是一个漫长的冬天。近几年，冬天都不那么长了，全球气温的上升多多少少在人的心里构成了一种忧虑，这是对半死不活的状态的忧虑：要说到了世界末日，也能死个痛快，偏偏就不给你这样的运气，因为时辰没到，悬在那里。冷的时候，我在阳台上待不住，几棵没死的植物无精打采地戳在那里，不敢确定身体里的春天会不会再一次到来。

这个下午倒是有好阳光。当然从早上开始，阳光就好，只是我没有起床，而阳光在下午的时候才能照到这个院子里来。冬天真是好过，我醒的时候已经快12点了，不过晚上也睡得迟，总要依靠广播咿咿呀呀的声音才能睡过去，而且睡不深。这些日子，仿佛感觉到时间如同空气一样滞重起来，流动得缓慢，仿佛托满了秋天的落叶和伤痛。

我有时候会想时间在不同的地方、不同的空间、不同的人身上，它的刻度是不一样的。养生专家说：人把呼吸延长，把身体里的经络拉长，就会延长寿命。而把呼吸延长，好像就把时间放慢了。我回想起我妈妈临终时急促的呼吸，那时候，氧气和时间都无法进入她的肺叶了。时间在她的身体外面停下来了，她就在时间的空洞里滑落。

因为睡眠不好，我对一次深长的睡眠充满感情。有诗人说睡眠是一次短暂的死亡，尽管我没有每次醒来犹如新生的喜悦，但是在睡眠的时候，一定有许多事情发生了，或者一些事情发生着改变，比如时间。时间里，人一天天衰老，终将死去。但是我总是怀疑衰老和时间的关系有多大。有人鹤发童颜，有人一夜白头，他们和时间有多大关系？

有人说，生命的宽度其实说到底就是时间的宽度，就是我们在时间里所做的事情、所想的问题。当然，我在我的横店村，在这个阳光灿烂的下午也没做什么事情，没想什么问题，但是这无端的喜悦从何而来？我将在这寂静和孤单里度过以后的日子，这安定和从容从何而来？

这个问题没有答案，也不应该有答案。

时间是一种选择

◎ 七微

朋友跑来问我,你那个英语阅读课还在继续吗?我将我的学习进度截图给她——已阅读70576字,打卡82天。她发了个"不可思议"的表情给我。不怪她大惊小怪,毕竟多年老友,她对我的"懒散""拖延症""自控力差"这些属性可是深有了解的。

坚持打卡八十多天对别人来说可能不算什么,但对我来说真的是一个很大的跨越。朋友问是什么让我终于打破了从前很多次的半途而废,我回答她,是因为我把学英语排在了年度清单第二位,它是我生活中重要且迫切的一件事。人生中令我持续感兴趣的事情不多,旅行算是我的头号爱好。我无数次在旅途中受困于语言,是有遗憾的。我下定决心,要把语言学好!

常听朋友说对这个那个感兴趣,想学,或者想考个什么资格证书,但真的是抽不出时间。持之以恒地坚持就更难了,生活中的琐事实在太多。但据我所知,他们的工作并没有忙到连一点时间都挤不出来。

其实细想起来也没做什么实际的事,就是东刷西刷,那些碎片化的信息像雪花一样汹涌地飘来,很快又像是被太阳晒了般了无痕迹地消失。我们看起来在接纳着新东西,但实际上这些信息中珍贵的内容并没有多少。

前几天听了一个简短的演讲,主讲人讲的就是时间管理。主讲人说起她采访过的一个工作特别忙的人。有一天这个人家里的热水器坏了,房子被水淹了,她用了三天时间总共花了七个小时请人来修理电器与清洗淋湿的地毯。而在此之前,如果你问她能否在这一周每天都抽出一个小时来做某件事,她会说,怎么可能,你看不出我有多忙吗?这件事说明,时间是有弹性的,我们不能创造更多时间,但它会自己调整去适应我们选择做的事。关键是,你是否觉得那件事同"热水器坏了"一样重要且迫切需要处理。

当你想做某件事却说没时间时,并不是真的一点空闲都没有,那只能说明那件事还不是你的首要任务。主讲人最后说:"就算很忙,我们仍然有时间去做重要的事。当我们关注重要的事时,就可以用所拥有的时间去创造我们想要的生活。"

当我运动时，我不想什么

◎二公子

　　当我琢磨学项新运动时，我选择了打高尔夫球，因为看到电视里高尔夫球手大多数时间是在蓝天碧野中拿着球杆闲庭信步，想必这项运动颇为放松，可以多走走路，又适合放空自己。

　　但是报了班一上手，就发现不是那么回事。闲庭信步的前提是学好基本功，否则球一会儿打到水池，一会儿进沙坑，根本没有乐趣可言。而且我的高尔夫教练从不给我放空大脑的机会。相反，他总是灌输：打球一定要思考，击球前想策略，击球后想调整。高尔夫就像人生，要想自由，必先自律！

　　接下来，又是一番心理辅导："出球没有完美的，无论落在球道、长草还是沙坑里，只能接受现实，忘记过去，朝既定的方向前进。无论多少人围观，压力都是自己给的，选择怎么打是你的自由。"我和学员同学都说，如果他像村上春树一样把对运动的感悟变成文字，大概也可以写一本《当我谈高尔夫时，我谈些什么》。

　　村上春树1978年开始写作，1982年开始跑步。据他说是因为喜欢就做下去了。1996年，在参加一次百公里超级马拉松后，村上春树对跑步没有了自然的热情。但是他走出困境的方法，是靠恢复跑步训练，慢慢找回那份热情的。"今天不想跑，所以才去跑，这才是长距离跑者的思维方式。"这句话我读不通也想不通，可是村上春树就这么做了。我们的教练行事也有相似之处。他坚信在练习场打一万个球，下场会如有神助。于是他催促我们挥杆、挥杆、击球、击球。遇到困难怎么办？坚持！

　　写作和运动，听上去是潇洒的事。但我自己码字或学球，觉得这两件事都不容易坚持。我不是那种一天能写一万字的天才作家，也没有天赋在短时间内掌握一项新的运动。当我写累了，写不出东西时去球场，往往数个小时也打不出几个好球。运动回来脑袋里满满的都是击球要领，放空的只有身体里的水分。还好，我出汗多了。

　　跟一个同事说起此事，他跟我说了他是怎么放空自己的。早年在异国勤工俭学时，他最中意的事是去餐馆刷盘子。热水龙头一开，水哗哗地响，那时他可以什么都不想。忙一晚上，机械地冲去一摞摞盘子上的残羹冷炙后，算了工钱回去便倒头大睡。刷盘子对他来说，就是一种带薪有氧运动。

无论如何，先伸手去摸一摸

◎蔡康永

我有个朋友，是个明星。她拉我去逛街，我实在不想奉陪。

但她以她多年累积的人脉，订到一家我怎么也订不到的餐厅，为了贪图能吃到那家餐厅的食物，我只好陪她逛逛。

她逛街有一项习性，我看了也是不解。不管看中的是个杯子还是个锅，她都要走上前去，伸手去摸摸那件东西。

"如果是衣服，你一定要上前用手摸摸，搞清楚质料，这个我能理解。可是，那锅一看就是钢的，那杯子一看就是玻璃的，为什么也要用手去摸一摸呢？"

她赏我一记白眼。

"摸一摸是在拖时间，让自己火热的心冷却一下，盘算到底要不要买，怎么砍价。"

"原来如此，失敬失敬。"我退到一旁，不再多嘴，心中佩服。

想要拖几秒，让火热的内心冷却一下，只要养成去摸一摸的习惯，就可以了。

很多暴躁的人，想变得不那么暴躁。他们听过一些建议，例如感觉要生气了，就开始数数，"一，二，三，四……"这么数。

如果能够及时开始数，那确实有效。可惜有时脾气来了，当场失控，顾不上数数，就炸了。

情绪，就是我们当下的自己。谁会没事当下就把衣服扯了，让自己裸露在对方面前？先不去管是否丢脸或失礼，没事就暴露自己的内在，是危险的事。即使是兽类，也会小心地以鳞甲或皮毛去面对陌生的对象。

脾气来了，要像她这样，对所有情绪念头都一视同仁，只要起心动念，先上前去摸一摸，养成了什么都先摸一摸的习惯，定能为自己争取几秒，再以比较恰当的方式处理冒出来的情绪。

不只对待愤怒，就算对待快乐、悲伤、嫉妒、后悔，都别囫囵吞下，先摸一摸，闻一闻，嚼一嚼，再吞咽。

活着就会有情绪，情绪是我们的一部分，冷静面对它们。

餐器之美

◎明前茶

　　这世间，晒幸福的人多遭羡慕嫉妒恨，但晒自家的晚餐是那么温馨可人。点开东北男人的"一夫食堂"博客佐餐——东北男人一夫去日本谋生多年，娶妻生女，一家人过着在异国他乡紧密相守的小日子，单纯平易地感受着四季在晚餐桌上的轮回。现在是冬季，到了东北人最爱吃小鸡炖蘑菇，亮晶晶滑韧韧的红油大拉皮，绿得发乌的油菜炒虾仁，还有各色饺子的好时节。一夫一家四口，简简单单的三五个菜盘，食材的烂漫素朴，就像放在东北人的热炕头上，那么招人眼馋。

　　所有的家常美食都盛装在讲究至极的餐器里，小鸡炖蘑菇在米茶色的瓦罐里炖成，瓦罐的下半截为深棕色，好像有炭火烧过的痕迹；菠菜馅的饺子盛装在黑色陶盒中，浓厚的釉色醇厚，如顶级漆盒，更衬出荞麦面饺皮的筋道；油菜炒虾仁装在深红色的陶盘中，深红幽绿的冲撞，让普通的家常菜也有了暗含的喜兴。说起为何要讲究餐器之美，东北人一夫说来日本之前，做过多年的菜都没啥长进，自从买了这些讲究的餐器后，忽然就像开了窍一样，对五色的食材和食材背后的四季养生之道都有了心得，最终竟无师自通地学会用最少的油烟，烹饪出营养全面又绝对养眼的晚餐，让一家人都不再乐于去人声鼎沸的餐馆里等位了。

　　按大女儿的话说，她从每一个手工饺子里吃出了"爸爸味儿"。

　　其实，在美的餐器映衬下，一饭一粥也有了自然的生机；更重要的是，那么美的摆盘，唤回了家人的好胃口；而团聚吃饭的好胃口，最终让家人间的情感结合得更紧密。一夫说得对啊，就算是一碗山芋粥，或者一碗南瓜煨酒酿圆子，盛装在廉价塑料碗里，怎会和热气腾腾地盛装在土黄色的粗陶碗里一样有暖胃安神之效？好的餐器，让你静下心来，享受每一勺热粥对风雪夜归人的慰问，享受到每一片腌萝卜皮发出的脆响，享受到亲人暖融融的笑，让那些在奔波中焦躁起来的脏腑和精神，都归了位。

　　是的，你回家了。这里不是餐馆，不是食堂，不是快餐店，你用不着吃完了再和满街乱窜的寒风搏斗，放下所有的挣扎和飘零吧，每一只粥碗和菜盘都在说，欢迎回家。

贰·肝木自字

向自然万物请教

□[德]埃克哈特·托利 译/曹 植

你看到过不开心的花朵或有压力的橡树吗？你是否遇到过抑郁的海豚、有自尊问题的青蛙、无法放松的猫、充满仇恨或怨恨的小鸟？那些偶尔表现出这些消极心态或神经质行为的动物，是因为它们在与人类亲密接触的过程中被人类影响了。请观察任何一种动物或植物，让它们教你如何接受现实，向当下臣服；让它们教你如何获得本体意识，教你成为你自己，使你变得更为真实。

从大自然中学会这个道理：观察万物是如何运作的，生命的奇迹是如何在没有不满或不开心的状态下展现在你面前的。

宅并快乐着

◎连 岳

对身边的小朋友，我说得比较多的一句话是：要学会独处，别太爱凑热闹。

英国心理学家金泽哲（Satoshi Kanazawa）领导的团队分析了1.5万名18岁到28岁的英国人，通过详细了解他们的生活环境、健康状况、智商和交往状况，得出了这样的结论：

智商低于平均值的人，他们居住于人口密集区（比如大都市）的舒适感，低于其居住于乡村的。与密友交往越多，他们越快乐。

与此相反，智商高的人，更喜欢住在城市，而且更宅——与密友交往越少，他们越快乐。

该研究结论发表在《英国心理学杂志》。

金泽哲解释，人的大脑，现在对身边环境做出的反应，仍然像人类的祖先在非洲大草原的反应：空旷，人少，人觉得更安全、更快乐。

人要进化去适应新环境。变化出现时，总是由他们之中最聪明的群体率先改变。

随着大城市出现，越来越多的人居住在都市。这种新环境，也是最聪明的群体开始适应，并在其中感到快乐。虽然远古的基因告诉他们，人那么密集，危险！不舒服！但他们关掉了这种警报。

当然，同样的事情，会有不同的分析角度，研究快乐的卡罗尔·格雷厄姆（Carol Graham）博士认为，如果一个人智商高，他就会知道，社交往往意味着浪费时间，独处才有利于实现自我提升和追求更长远的目标。

时间是一个人最珍贵的资源，掌握任何一门技能，又都需要消耗大量时间，不把多数时间留给自己，可能就得不到什么。处于平均智商的人，应该都知道这点吧。

让我们一起快乐地宅。

静能量

◎王月冰

我上初中那年暑假，我妈带我坐村上的中巴车去县城买书，中巴车司机是我们村的小伙子明子。中巴车刚到县城，和另一辆车子追尾了。车上的乘客纷纷下车离开，但我妈一直带我坐在那里，等了好久好久，我妈偶尔给明子扇扇风，安慰他不急。我实在不耐烦了，催我妈走。我妈却偏要等到交警来了，处理好事情才带着我离开。事后，我妈对我说："明子才开车不久，出了这种事肯定有些紧张，对方车主又很强势的样子。我们陪在那里，虽然说不上什么话，但还是能给他一点力量。"多年后的今天，明子早已有了自己的运输公司，每次见到我妈，非常尊敬，总是说："您那次在马路边静静地陪伴我那么久，我一辈子也忘不了。"

有孩子的朋友可能都有过这样的体验，孩子在婴儿时期，如果有你陪着，他可以一直熟睡，可是，哪怕你悄悄地起床，不过几分钟，他就会醒来，哭。如果你再睡过去，他又会继续睡。也就是说，他的身体在熟睡，但他能感觉到你的陪伴。我们人类对这种静能量的需求，也许是与生俱来的。

顾城在《门前》里这样写道：

草，在结它的种子

风，在摇它的叶子

我们站着，不说话

就十分美好

这种静静陪伴的意境，真的十分美好。

有时候，我们什么也不缺，就缺这样静静的陪伴，就缺这样一份微妙的静能量。

小人无错，君子常过

◎佚 名

一个十二岁的女孩问妈妈："为什么我们在屋子里走动，总像怕踩到地雷似的，要那样小心谨慎？"

妈妈笑了笑，说："我们楼下不是也住着一户人家吗？"女孩虽然明白妈妈的意思，但仍觉得在自己家里，本来就应该随心所欲，轻松一点才是。

妈妈一副认真的表情，接着说："咱们家的地板是楼下林爷爷家的天棚，走路声音太大，老人家受不了，如果吵醒了他们，就一夜都睡不好了呀！"

女孩噘着小嘴："那为什么咱们楼上那家不这么想，他们总把声音弄得震天价响？"

妈妈说："因为楼上有个三岁的小弟弟，他要长大，蹦呀跳呀的，需要运动嘛！"

女孩一听，嘴噘得更高了："那活该咱们家受委屈，吃大亏咯！"

妈妈摸摸女孩的头，笑容中带着坚定："孩子，能为别人着想，这是人生第一等功夫呀！"

成全别人就是成就自己，给别人路走，我们就不需要争先恐后，这也是幸福人生必修的功课。

古人云，"君子反求诸己""小人无错，君子常过"，倘若反观自身，看到自己要提升的地方，不仅可"大事化小，小事化了"，也会赢得别人的尊重。

都是我的错，是一种自律，让自己不断提升；都是我的错，是一种胸怀，时刻为别人着想；都是我的错，是一种美德，让彼此之间的心更近；都是我的错，是一种难得的修为，真修当不见世人过；都是我的错，自净其意，常养身心。

随文笔记

与世界互不相欠

◎冯仑

我认识一类人，总是活在惴惴不安中。有朋友来他家吃饭或者聊天的话，他就会很不安地问："你要不要来个苹果？"苹果吃完了，接着说"你赶紧再喝杯水吧""吃瓜子吧""看电视吧""吃糖吧"……我妈好像就是这样的人，明明是她请人来家里做客的，非要让客人觉得不安，当然她自己也很不安。

有些人可不是这样。我曾经去过一位长辈家，到了快吃饭的时候，这位长辈突然说："小梁，我们今天没做你的饭，因为之前你没说要在这里吃饭，所以你得赶紧走，否则，你在这里，我们也没法吃饭。"

这是我第一次听到一位长辈这样直白地告诉我：差不多该走了啊。把我送出门的时候，他说："下次来的时候，记得带点儿礼物，我们家老太太不在乎别的，就是你得带点儿礼物显示尊重。有家店包子不错，记着别买太多，多了咱也吃不了，浪费！四个就可以了，加上你的啊，一人一个，留一个备用，以防万一谁不够。记住了啊，冬菜馅儿的。"

幸好他们都是我至亲的长辈，我在他们身上看到了某种特别有意思的不同——纠结还是不纠结。内在的纠结、精神的恍惚、想法的不确定等，都是导致我们不健康的深层原因。如王凤仪先生讲，这叫心性上的问题。

所以每次我回家，都跟我妈说："妈，你知道吗？你做的最重要的事情，就是让我感到回到家里的时候，想坐哪儿就坐哪儿，想睡到几点就睡到几点，想吃什么就吃什么，想不吃什么就不吃什么，想不洗澡直接睡觉就不洗澡直接睡觉。"这是在我和我老婆的家里都做不到的事情，我能在我妈家里做到，我觉得这就可以了。

我妈现在终于明白，哦，原来这叫至善。

强烈的爱好可以抵抗衰老

◎［英］帕特兰·罗素 译／徐景林

虽然有这样一个标题，这篇文章真正要谈的却是怎样才能不老。

我的外祖母，一辈子生了十个孩子，活了九个，还有一个夭折，守寡以后，她马上就致力于妇女的高等教育事业。她是格顿学院的创办人之一，力图使妇女进入医疗行业。

我喜欢她的见地。上了八十岁，她开始难以入睡，便经常在午夜时分阅读科普方面的书籍。我想她根本没有工夫去留意她在衰老，这就是保持年轻的最佳方法。如果你的兴趣和活动既广泛又浓烈，而且你能从中感到自己仍然精力旺盛，那么你就不必去考虑你已经活了多少年，更不必去考虑你那也许不很长久的未来。

从心理学角度讲，老年需防止两种危险。一是过分沉湎于往事。一个人应当把心思放在未来。二是依恋年轻人。

子女们长大成人以后，都想按照自己的意愿生活。如果你还想像他们年幼时那样关心他们，你就会成为他们的包袱。我不是说不应该关心子女，而是说这种关心应该是含蓄的，假如可能的话，还应是宽厚的，而不应该过分地感情用事。如果不把心思都放在子女和孙儿孙女身上，你就会觉得生活很空虚，那么你必须明白，虽然你还能为他们提供物质上的帮助，比如支援他们一笔钱，绝不要期望他们会因为你的陪伴而感到快乐。

每一个人的生活都应该像河水一样——开始是细小的，被限制在狭窄的两岸之间，然后热烈地冲过巨石，滑下瀑布。渐渐地，河道变宽了，河岸扩展了，河水流得更平稳了。最后，河水流入了海洋，不再有明显的间断和停顿，而后便毫无痛苦地摆脱了自身的存在。能够这样理解自己一生的老人，将不会因害怕死亡而痛苦，因为他所珍爱的一切都将继续存在。

随文笔记

人的追求只有均衡，才能自由

◎周才鸿

我有个朋友，收入中等，可是他过的是五星级的生活。他每个月多缴一堆利息给银行作为循环利息，也要"分期付款"把他喜欢的名牌和食物买到手。不久，他想买汽车，各方亲友仍然没有办法阻止，最后他贷款买了一辆车。

买车的第一个月是快乐的，他开着车到处去飙，日子过得好不快活。当他看着身边的好朋友，一个个准备出去旅行的时候，他正面临卡爆的危机。他承认，他失去了自由。

我发现拥有一个东西是一体两面，如你我拥有一个东西，享受它，同时你也受到它的支配、它的拥有。这个东西让你付出的代价是时间、精神、金钱，如果它对你没有提供相对的价值和利益，那么就是浪费。

从朋友拥有一辆汽车开始，他就陷入了被汽车拥有的生活。

虽然免去了身体奔波之苦，却要开始面对为车奔波之苦。他约会开始迟到，出门常常找不到车位，回家也没有自己的停车位停车，生活总是在为车位烦恼。

几个月之后，他告诉我他已经很少开车出门，原因是，油价太高，负担不起。他说，他失去了自由。

我曾经试过，经过一天疲累的上班族生活，其实你最需要的，是一碗面、一台电视机、一个人。你没有多余的时间，去把玩你手上的那么多东西。在假日，最幸福的是和家人或者朋友吃一顿饭，然后回家休息。

现代人拥有太多用不到也享受不到的东西，却还是要拼命地满足心里没有完成的那个梦。所以，拥有一个东西，你就失去两个自由——一个是被物质捆绑，一个是面临被金钱支配。人生各方面，只有均衡，你才能自如地生活。

世界的模样在于你凝视它的目光

◎［德］叔本华 译/李 琰

大千世界，芸芸众生，我们生活在同一片蓝天下，生活在同一片土地上，呼吸着同样的空气，面对着同样的世界，但是有着不同的感受。有的人感觉活着很痛苦，有的人感觉生活无滋无味，有的人却觉得活着是上帝的恩惠，是幸福的施与。

同一家庭中的兄弟姐妹，有着同样的父母，住着同样的房屋，过着同样的生活，有的无忧无虑，有的牢骚满腹，有的自强不息，有的功成名就。人生的一切痛苦，都来源于自己的内心。心境不同，感受也就不尽相同。

一个人要完全理解另一个人是不可能的，就算是从出生那天起就一直在一起的双胞胎，有着相同的经历，感受也会有所不同。即便他们有着很强的默契，但是谁也无法代替谁。就像相似性格的人，对外界事物感受的强烈程度也是不同的。我们听同一首歌曲，看同一本书，可能会感受着不同的快乐和伤悲，当然，不同年龄阶段的人，也会有不同的感受。

幸福生活是人人追求的。人们对幸福的定义也许是相同的，但每个人追求的目标有所不同，幸福的内涵也不尽相同，对幸福的感受也因人而异。盲人能看到世界，会觉得幸福；朝不保夕的穷汉，能吃一顿饱饭，那是幸福；两地分居的夫妻，能够团聚，也是幸福。我们在同一世界，走着相同的路，经过相同的路口，在同一地方看同一风景，但我们有着不一样的心情与感受。或许生活就是一种感受：同样的世界，不一样的人生；同样的风景，不一样的感受。

随文笔记

对不起，今晚我关机

◎辉姑娘

我曾经是个24小时不关机的人。

某个晚上，我与朋友把酒言欢。大约在午夜十二点，我的电话忽然响起。我看了眼号码，居然是母亲。我接起电话问什么事，母亲在那边却迟疑着："你……睡了吗？要是睡了，我就明天再打给你。"

我笑着说没有，跟朋友在外面聊天呢。母亲似乎松了口气。我又问她有什么事，她支吾了一会儿才说出事情原委：原来她腮腺那里生了一个瘤子，目前还不知是良性还是恶性，要住院开刀后才知道。我吓了一跳，连忙安慰她，又说明早就飞回去陪她做手术。母亲一直很满足地笑，说没事没事，我就是没忍住，想告诉你一声。

撂下电话，我简单说了事情经过，其中一位朋友说："你妈妈真是，出了这么大的事，居然还问你睡了没，还要明天打给你。"

我微怔一会儿，才反应过来。原来父母真的从未在我休息的时间给我打过电话——除了这一次。母亲大约是真的慌乱了、无措了，她太想对她的女儿说这一切了，才实在没忍住，在午夜时分打了这个电话。然而接通的一刹那，她又后悔了，万一她的女儿此刻正在休息，那不是扰了女儿的睡眠？所以她才会问我在做什么，有没有在休息，要不要明天再打给我。

在她的眼里，她的重病，甚至比不上我的一晚清梦重要。我忽然想大哭一场。

读过一句话：每一个深夜不关机的人，都有一份不敢言明，也不敢错过的期盼。只是那些期盼，真的值得这样的守候吗？

父母养你到这么大，珍惜你呵护你，不是为了让你每晚忙乱不堪、心惊肉跳地活着。他们会心疼。生命如此短暂，享受阳光、空气、美食与睡眠，是多么美好的事情。

一个电话，从来就不会比一份生活更重要。

随文笔记

不要努力
和别人成为好朋友

◎刘 同

前几天，我和表妹通电话，她正好在宿舍等一位同学。她说她早就要去体育场跑步了，可是另外一位女同学非得要和她一起去，所以表妹没辙，只能在宿舍等她。然后表妹说："这个同学好奇怪，隔壁宿舍的同学在看碟，她也跑过去和她们一起看。我今天要去跑步，她知道了，也非得要和我一起。感觉特别奇怪。"

其实我一点都不觉得表妹的女同学奇怪，听起来，这位女同学不过就是当年的我。为了有存在感，为了和每一个人交朋友，忽略了自己的存在，把所有的时间都花在了陪其他人上面。

有人在电脑上看电影，我陪着一起看。其他人也许是为了做影评分析，而我是为了打发时间争取成为大家的好朋友。

以前觉得什么事情都不如"成为别人的好朋友"重要，有了好朋友干什么都不愁。后来才知道，好朋友不是通过努力争取才能成为的，而是在各自的道路上奔跑时遇见的。一起达成一个目标，一起分享不同的价值观，关键时刻能彼此给予一些鼓励、一些意见、一些帮助。

你有你的生活，他们有他们的生活，就像各自独立的一条腿，搭在一起才能走得更远。用自己的时间去依附任何人，当有一天他们枯萎了，你也将变得一文不值。

如果你不知道自己要做什么，可以问问周围的人他们要做什么，以及他们为什么要做。如果你觉得对你有启示，那就去做。你不是为了他们，而是为了"终于明白为什么"的自己。

如果你知道自己要做什么，那就不要轻易被其他人的计划所影响。说清楚你的计划，让他们都理解，好朋友都是希望你更好的，而不会打扰你的计划浪费你的时间。

我今年34岁了，如果时间能够倒流，我会告诉那时的自己：好朋友绝对不是通过努力争取就能得到的。

随文笔记

女孩，应该比任何人都先学会克制

◎ 调 调

大三那年，我悄悄地喜欢上了一个学长。我喜欢他好长一段日子，却并没有勇敢表白。原因很简单，身为胖子的我，并没有勇气向心中的男神表白。

直到他大四毕业，我突然脑子一抽，冲动地决定向他表白。结果当然是我被婉拒。对方有些为难地向我表示，他喜欢苗条一些的女孩子，而我太重了，他怕抱不动。

我记得，当时听到这句话的我是多么羞愧而懊恼，奔回寝室，哭得不能自已，连着一个星期觉得人生失去了色彩。过了这个星期之后，我开始减肥。

减肥的过程艰苦而漫长，我拒绝了一切朋友吃吃吃的邀约，问了专业减肥教练，要来了根本吃不好也吃不饱的食谱，严格按照食谱来控制我的食欲，还每天早晚绕着操场跑两个小时。在那堪称惨绝人寰的四百多个日夜里，我的朋友都觉得，我这是因失恋而疯了。

只有我知道，不是。

也许最开始，我的确是因为精神上的苦闷。

可是后来，当我发现我的身体变得轻盈而美好，我脸上因为暴饮暴食而长出的痘痘都消失，整个人开始散发着健康的光彩的时候，我便忘却了一开始的痛苦。

事到如今，我竟然觉得感激。如果不是喜欢上了他，如果不是他明显的为难和不喜，我也不会明白，作为女孩子，掌控好自己的身材是基本的克制。

后来，我渐渐长大。生活教会了我，克制不仅是身体上的，它还可以更多、更广、更深入。保持谦卑，克制怒火，你会发现朋友多了起来，同事友善起来，工作会更顺利。

克制教会了我，忍耐得越长久，收获才能越丰满。

随文笔记

我拉黑了一个朋友

◎杨熹文

我拉黑了一个朋友。做出这样的决定我犹豫了很久，终于在这个夜晚忍无可忍地发作了。

仔细回忆这几年，不管我在生活中做出怎样的选择，似乎没有一件事会得到她的支持。比如当我想要尝试去换一份薪水和技术含量都高一点的工作时，她皱紧眉头反对："你除了现在的这份工作还能做什么？"

我曾经把她当作非常真心的朋友，愿意把我所有的苦闷和开心讲给她，可是当我的生活真的一点一点好起来的时候，她却换成另一种姿态。

久而久之，我不再愿意和她分享我的生活。我只能向她展现不好的那一面人生，要隐藏好自己的每一点进步，因为不知道哪件事就会触动她敏感的神经，让她的每一句话里都藏了刺。

我想起另外一些友谊——

我开始健身的时候，我的一位朋友给我发来很多关于跑步的常识，还不时叮嘱我注意保护膝盖不要忘记做拉伸，我记得她说过："看见你变得越来越好，真的太棒了，坚持住！"

这样的友谊，才是真正的友谊，不嫉妒不挖苦，在我遇到困难的时候无私地提供帮助，也愿意为我人生的任何一点小收获鼓掌，我们在人生这条路上，彼此搀扶鼓劲，把生活变得幸福有意义。

我人生中所有得来的东西，全部靠双手，没有一丝一毫的投机取巧。我理解每一个人生活中的辛苦，尊重每一个朋友的选择，不管他们决定去做什么，只要有足够的理智，我都无条件地鼓励和支持，愿意在他们遇到困难的时候默默地帮助，而不是站在他们要经过的半山腰，嘲笑他刺激他，狠狠地踢上一脚。

真正的朋友，要大度到可以接受他比你走得更远，飞得更高，生活得更幸福。

美人先要学会和自己恋爱

◎ 闫 红

与自己恋爱，其实比和他人恋爱更难。虚荣心、荷尔蒙，都能够为与他人的恋情添色。和自己恋爱，却要摒弃这一切，建立取悦自己的能力。当美人迟暮，凭着天然资本被他人取悦的机会越来越少，懂得与自己恋爱，既能安妥自己，也能变成一种新的魅力。

爱情，当然是一件很重要的事，但并没有重要到能覆盖人生的全部，得之我幸，失之我命，徐志摩这句话说得高蹈，他其实是做不到的，做到的那个人叫薛涛。薛涛经历了被辜负的一生，但她于不动声色间化解，失恋可以，失态可不行。

有心人开始想走薛涛的路子，送她金帛厚礼，托她办事。虽然薛涛很聪明地每次都上交，但依旧引起了韦皋的怀疑。他觉得智商被侮辱，感情被伤害，报复起来手段格外毒辣，将薛涛发配到松州。

那段日子她是怎样度过的，于史无载，我们只知道，她写下一组《十离诗》，将自己离开韦皋，比作犬离主，笔离手，马离厩，燕离巢……其卑微凄切，让人不忍卒读。

她救了自己，韦皋被她打动，将她召回。数年后，韦皋去世，飘摇的生涯里，多是浮花浪蕊，直到，元稹在她的生命里出现，这个比她小九岁的男人，掀起了她人生中最为宏大的激情，将她半生情事终结。

就是那个在妻子死去后写下"曾经沧海难为水"的元稹，他遇见薛涛时，他的妻子还活着。

薛涛算是他的什么人呢？情人？知己？同道？归根结底，都是过客。

薛涛没有再言这段情事，却也不像有人以为的那样，"从此就只有萎谢了"，依然继续她的故事。

像薛涛这样，直接拥抱生活，学会与自己恋爱，把自己活敞亮了，没有那么多需要介意的事，也就没有那么多气不顺了。

没有谁比你更爱你自己

◎辉姑娘

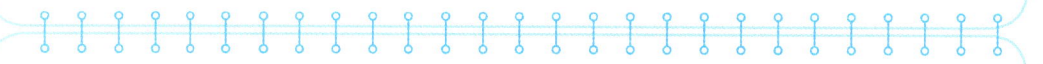

我人生中最灰暗的阶段，是几年前在工作中遇到的一场挫折。我实在忍受不了公司的氛围，就抱着笔记本电脑去楼下的咖啡厅办公。心情刚刚好些，一条短信进来了，内容关于我的工作。发送短信的是和我曾经关系最好的客户朋友公事公办地告诉我，合作取消了。

我鼻子一酸，眼泪噼里啪啦就落在了电脑上。我哭了很久，只觉得天昏地暗，日月无光，身上无力。直到有人碰了碰我。

我以为是服务员，谁知，居然是坐在邻桌的一名陌生男子。见我盯着他，他推过来一杯热茶。

"喝口水，补充点儿眼泪。"

我有点茫然地看着他，愣住了。

他笑了笑："天大的事儿，都没有自己的身体重要。要是连眼泪都干了，你就真的一无所有了。"

我始终记得这句话。

有一位朋友，是一名销售主管，也是所有人眼中的"女强人"。我问她保养秘籍，她哈哈一笑，说哪有什么秘籍，都是最简单的保养。

"绝不掏空自己，健康地活着，是成功的唯一前提。"她说。

每天早睡早起，避免熬夜和狂欢，吃健康的饮食，喝干净的水。尽量少吸烟或不吸烟，不过量饮酒，减少与人争执，少动气。

有再急的事情，都要想一想，自己的身体是否承受得了，是否真的需要立刻去处理，是否可以缓一缓，有没有过度伤害到自己的生活。

纾解开那条紧绷的神经，深深地呼吸一口新鲜空气，告诉自己，放松，再放松。不要让自己陷入绝境。这样，人生才有再度翻盘的可能。

要知道，没有谁比你更爱你自己。

谁可善待你

◎ 姜烨雨

她是一个胖姑娘，矮矮的，长相也一般，常穿一件洗得发白的衬衫。她性格沉默，走路时习惯低着头，但她的脸上总挂着微笑，让人感觉很乐观。她每次期末考试都会挂科，但她不急不躁，从不逃课，还经常帮其他同学答到。那时，我总感觉她有些傻气。

她是班里唯一申请勤工俭学的人，负责定期打扫阶梯教室，每个月三百元钱。双休日常看见她在学校附近的超市做兼职。

印象深刻的是一个周日的晚自习，我们班突然走进来一个同样胖胖的男孩。他手里提着包子和豆浆，慢悠悠地绕过讲台，走到她跟前，随后温柔地说："兼职再忙也要吃饭呀。"

他长得一般，衣着普通，但那次，我分明看到她的头埋得更低了，不确定她是在笑还是在哭。

周末去逛学校附近的超市时，发现她旁边多出了一个他。他们穿着紧绷的工作服，脸上挂着笑，一唱一和地努力推销着餐具。

毕业已近一年。辅导员突然发出她的一组婚纱照。她仿佛变成另一个人，清瘦灵性，笑得云淡风轻。而她的结婚对象，正是那个晚自习曾给她送包子和豆浆的男生。标准的身材，已算得上帅哥。

我突然想起大二那年，班里举行元旦晚会，她勇敢地上台唱了一首粤语歌，但没人听得懂，更没几个人给她鼓掌。

她唱的那首歌我听过，是梁咏琪的《给自己的情歌》。歌词是这样的："你要日后成大器，灰灰的天都要撑起，谁可善待你，由自己的嘴巴，和自己讲一声要争气。"

直到后来看到她的改变，我才明白，当时的这首歌，她并不只是唱唱而已。

不过是身体少了一点弧度，体重多了一点刻度，她却争气地用沉默坚韧的心，让自己的人生圆满得恰到好处。

像一只鹤

◎王太生

清代文人李渔的家厨王小余，菜做得好，脾气也大。他在掌勺时，对旁边的人说："猛火！"烧火的就将火燎得旺旺的，像大太阳一样。说"撤"，旁边的赶紧递次撤下柴火。说"且烧着"，就丢在一边不管。说"羹好了"，伺候的人，赶紧拿餐具，稍有违背他的意思，或是耽误了时间，他必像对仇人一样大叫怒骂。

王小余做菜很抓狂，他站在灶台旁，全神贯注，两只眼睛瞪得老大，只盯锅中，屏声静息，除了挥动铲勺的叮当碰撞，静得听不到其他声音，李渔说他"像一只鹤"。

李渔为什么称赞王小余像一只鹤？因为他对这位家厨太喜爱了。鹤，除了有洒脱的形态，还有高雅、俊秀的神态，飘逸、灵性的情态。王小余做菜有个性，就像唱歌的有夸张的举止表情，厨师也有手舞足蹈的肢体语言。

像一只鹤，是说这个人的状态，非常投入，双目炯炯，物我两忘。一门心思深陷其中，浸淫着、沉醉着，天地混沌，潜伏在自己的世界。

关于鹤，我们联想更多的，是它飞翔时的样子，而很少见到静止的鹤，或者在想一件事的鹤。我在水草丰茂的苏北湿地，遇到过一只闭目养神的鹤。那是只蓑衣鹤，背上耸一件"蓑衣"，像一个人，站立在那儿，安静地想它的心事。鹤在静止时，一动不动，像一个沉默的人。这个世界，有披蓑衣的人，也有背蓑衣的鹤。

在水边静默打鱼的人像鹤。他在水边打鱼，一动不动，满耳都是风声、水声，但这些他听不到。他只关心鱼和网，紧盯着水中，网中进一条鳊鱼，或是青鱼，了然于心。打鱼人身披一件蓑衣，头戴斗笠，雨水一滴一滴沿着一根根草尖，顺势而下。

专注地做一件事情，像鹤。

随文笔记

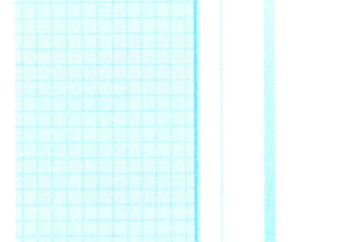

以体贴之心，说温柔之话

◎ [日] 枡野俊明 译／周志燕

道元禅师在《正法眼藏》中提到了"爱语"这个词：

"在与人接触时，若总是能让自己持有一颗体贴之心且用温柔的话语说话，那么你说的这些话便是爱语。"

道元禅师说的这一点，即使谁都懂，实践起来也绝非易事。很多时候，我们并不是想说一些话攻击对方，或故意伤害对方，但结果就是伤了对方的心，或和对方发生了争吵。

以体贴之心，说温柔之话。这固然是不太容易达到的境界，但我们还是应该尽量向着这个方向前进。求其上，得其中；求其中，得其下。所以，我们要尽量保持最高的追求，以最大的善意和体贴去与人接触。即便最终我们没有达到至善的境界，至少，我们也可以做到中善，即就算不知道如何说最好的话，但肯定不会说出伤害别人的话。要做到这一点很容易，在说话之前要多考虑一下，如果不知道怎么说才好，就尽量不说。

大家有必要记住这两点：多余的话应尽量不说，可以不说的话应留在心中。

谁擅长聊天，谁擅长交际，先暂且不论。在我看来，不怎么说话却总是能笑着听大家说话的人，替对方着想且总是随声附和的人，才是真正擅长交际的人。如果有人从不说多余的话，且每次说很少的话即能温暖大家的心，自然有很多人会聚集在这个人的周围。其实，凡是人，都在等着有人对自己说温柔的话，都在寻找能让自己感受到关心的场所。也正因如此，我们总是能被说"爱语"的人吸引。

当你想说什么的时候，不应马上说出来，而应先将它咽回肚子中，再说出来。我觉得，犹豫是否该说的这个瞬间，是一剂可改善人际关系的良药。

往里"装"还是往外"装"

◎ 米丽宏

装,意味着心空、心大。或许有"麻袋"一样的空间,需要装满;或许有虚拟的人设,渴望接近。问题是,你往里装还是往外装?

一种"装",是往里装。这种装,有"装载"之意。为了弥补差距,刻苦学习,不断发奋,追求成长,尽力向高手看齐。这种修炼,是为了内在,为了打底子。底子有了,内在充实了,"麻袋"自会站立起来,底子撑起了面子。

而往外装的"装",是装饰,是假扮,目的就是粉饰出一个漂亮的"面子"。要面子,无可厚非,天下人都要面子。但没底子,这面子就不好撑起来;纵然一时撑得漂亮,也搁不住人家捅,一捅就会破碎掉下。

这时候,面子其实是面具,就如一个壳,美化了你,可也限制了你。活在伪装与虚幻中,别人看着假,自己也扮得累。

张岱在《夜航船》中讲,一位僧人与一名士子,同宿夜航船。士子高谈阔论,僧人以为遇到了大儒,很敬畏,就默默蜷足而卧,给他留出更多的空间。

后来,听其语有破绽,便问:"请问相公,澹台灭明,是一个人还是两个人?"士子说:"是两个人。"僧人又问:"尧舜是一个人还是两个人?"士子说:"自然是一个人!"僧人笑了:"这等说来,且待小僧伸伸脚。"那士子的"高",眨眼间光鲜的面具"哗啦啦"碎了一地。

是真名士自风流。这个"真",是一种沉甸甸的人格力量。当代画家刘海粟评价张伯驹:"他是当代文化高原上的一座峻峰。从他那广袤的心胸涌出四条河流,那便是书画鉴藏、诗词、戏曲和书法。"人如峰峻,是靠一点点的底子垒起来的。周汝昌说他为人超拔是因为时间坐标系特异,一般人的时间坐标系只有三年五年,长的也就十年八年,而张伯驹的坐标系大约有千年。

随文笔记

及时止损

◎辉姑娘

我采访过一位著名电子科技公司的创始人，他说自己当初上了两次大学。我没明白，问为什么是两次，他说他起初考上了一所大学，上了一年之后，却毅然退学了。

我听了那大学的名字也颇感惊讶，那是一所很有名的重点大学，他所学的专业也很不错，到底是遇到了什么事才会让他退学呢？他说没什么特别的原因，就是觉得这所大学他不喜欢，这个专业他也不喜欢。既然不喜欢，不如趁早退学复读，免得耽误自己的人生。

他后来考上了另外一所大学，读了喜欢的专业，毕业后与同学创业，经过努力，最终成就一番事业。

"现在看来你的判断是正确的，但别人很少会有你当初的魄力。"我感叹。

一年和一生，当然是一生更重要。他轻描淡写："我只是想通了而已，当断不断，反受其乱。"

有一个名词叫作"沉没成本"，意思是说一个人在决定做一件事情的时候，不单会考虑这件事有没有好处，也会考虑以前是不是在这件事情上有过投入。这些产生"不可收回"的支出，如时间、金钱、精力等，就称为"沉没成本"。

买丸子的钱已经花出去，那就是沉没成本。所以对于买者来说，吃与不吃，不应该被沉没成本左右。唯一能影响吃还是不吃的因素，只有味道。

一场坏的爱情和硬邦邦的炸丸子没什么区别。钱也好，青春也罢，都付出去了，回不来了。对于两个人是否要继续在一起，同样不该有影响。

能够影响的，只是此刻的他，是否还值得你爱。

说到底，不过是四个字——及时止损。

负暄之乐

◎梅 莉

周末在家休息,打开窗户,满室钻进冬日的暖阳,如钻石般闪着耀眼的光芒。

想起"负日之暄"这个故事,不禁莞尔。故事说的是古代宋国一个老翁,一生躬耕于垄亩,粗茶淡饭度日,粗布麻衣过冬,唯一的财富是晒太阳。晒着晒着,他时常感到很快乐,于是,灵机一动,"负日之暄,人莫知者,以献吾君,将有重赏"——想将自己晒太阳的快乐作为妙法,献给君王。故事的作者是在嘲讽老翁见少识浅吧,用现在的话来说,是贫穷限制了想象力,不知世间还有锦衣貂裘可御寒、豪宅火炉可取暖。可也许什么荣华富贵都享尽的君王,还真不知晒太阳的乐趣呢,重要的是他未必有那份闲适放松的心情啊!

白居易却非常理解老翁,他也觉得冬天的阳光是无价之宝。在《负冬日》中他写:"杲杲冬日出,照我屋南隅。负暄闭目坐,和气生肌肤。初似饮醇醪,又如蛰者苏。外融百骸畅,中适一念无。旷然忘所在,心与虚空俱。"瞧瞧,穷人晒太阳晒出了健康与快乐,大诗人晒太阳晒出了哲学与禅意,放空自己的感觉可真是千金难买。

在太阳杲杲的冬日,我必会晒被子。然后赶在日影移走之前,把晒了一天的被子铺上床,晚上睡觉会闻到阳光的味道,好闻的气味能促成好的睡眠。我记得妈妈说过,千万别等太阳没有了再收被子,那样就感觉不到太阳晒过的温暖了。

这世界上,不论你是富甲天下,还是穷得一无所有,在珍贵而无价的冬日暖阳面前,都一律众生平等。负暄之乐,只在心情。

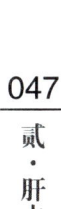

每个人都是"唯一之花"

◎ [日]渡边和子 译/苏 航

经常做比较的人，很容易成为极端自卑的人或极端自负的人。和自己完全一样的人，在全世界，即使是全宇宙，也找不到一个。不管自己多么悲惨，和他人相比时，也不要有"为什么我会做这么愚蠢的事情呢？因为做了这样的不可挽回的事情，所以我还是死了的好"这样的想法。人当然会有这样想的时候。我也曾陷入过自我厌恶："我在这个世上活着真的好吗？"成为修女之后，我也这么想过。那个时候，我就用马丁·布伯的"人有着除了自己，没人能完成的使命；有着除了自己，无法被给予的爱"这句话来劝说自己，不管多么艰辛，都不能放弃自己的生命，或是去折磨充满自卑感的自己。

我们总是拿别人和自己做比较。如果看到优秀的人，请不要沮丧，以他为目标努力吧。自顾自地沮丧，毫无意义。要是遇到比自己还差的人，那该怎么办才好呢？那时候，就把他当作反面教材吧。"注意，不要像那个人一样说出伤害别人的话。因为他伤害了我，我感到非常痛苦。"

我喜欢"我以外皆师也"这句话。虽然我长时间任教，但我从我的学生及家长的身上，都得到过教诲。人不能忘记"我以外皆师也"这种谦虚的心态。

我是我，别人是别人，每个人都具有独特性。正因为我是这个世界上唯一的、不可替代的"唯一之花"，所以不必去模仿其他人。如果要做比较的话，就把他人当作努力的目标或是作为反面教材来看好了。你保持你自己的样子就好，没有成为其他人的必要。另外，如果你觉得他人和你的想法一样的话，那就犯了个大错误。每个人都是独一无二的个体，怀着尊敬之心，学习该学习的地方，丢弃该丢弃的地方吧。

随文笔记

你可以放弃讨好全世界

◎大　熊

当年在学校，夏乔是扔进人群中也自带主角光环的姑娘。她成绩优异，长得漂亮，那个时候她是同学嫉妒的对象，是老师家长的心头肉，日子过得顺风顺水。

直到她遭遇了人生中的第一次挫折。她高考发挥失常，选择狂吃来释放压力。

短短两个月的暑假，她彻底把自己吃成了一个蓬松的"包子"。

大学后的第一个寒假，高中同学聚会，夏乔没有来。听说她去了一所普通大学，而且越来越胖。

有一年我在机场的候机厅碰见她，认了好久才认出来。之后就是很多年也没见过她，只隐隐约约听朋友提起过，她谈恋爱了，然后失败了；她尝试了各种减肥方法，还是失败了……就这样好几年都没有见过她，前阵子我去一家新开的咖啡厅谈事。说是咖啡厅，其实更像个甜品店，上咖啡的时候，我才发现老板娘很面熟。

"夏乔？"

夏乔咯咯咯地笑着，说起了她这几年的变化。

上了大学后的夏乔日子单调且乏味。有一年元旦，她收到一封信，有个男生说想认识她。可她认为这只是整人的恶作剧，就拿信垫了泡面的碗。直到有一次这个男生跟班上的同学起了冲突，起因是那些同学开玩笑说夏乔迟早有一天会胖得卡在教室门里。

夏乔骂他傻，男生说，她可以不跟他做朋友，但是他不希望她变成别人口中的笑话。夏乔有点感动，请他吃了她最喜欢的蛋糕。

男生知道她喜欢吃蛋糕，城里的蛋糕店，他几乎带她吃了个遍。夏乔说，是他把她从"被全世界抛弃"这片乌云下拉了出来，她从没想过还会有人这么珍惜她。

现在的夏乔依然没有瘦下来，却让人看见她就开心起来。她不再介意自己胖，毕竟，要先学会接纳自己，才能刀枪不入。

叁·自在天真

在寂静中生长

□淡淡淡蓝

去莫干山做一个采访，民宿的管家带我们去竹林挖笋。他教我们怎么发现哪些地底下藏着竹笋，他带我们找到一处泥土："你们看，这块泥，有微微的隆起、松动和开裂，用脚轻踩，有松软的感觉，这块泥土下面肯定埋着笋。如果有耐心，我们可以等到明天早晨再来看。"

第二天一大早，我起床后第一件事就是跑到竹林。昨天管家指给我们看的地方，果真冒出了一枚小小的笋尖，阳光下，笋尖上的露珠晶莹剔透，我看呆了。我仿佛看到了这株笋，在沉寂又漆黑的夜晚，一寸寸地拱起潮湿的泥土，好像使着它一生所有的劲儿，努力生长。

是的，总有些事物在不知不觉中浅吟低唱，奋力生长。

灵魂带灯的人

◎马 德

一帆风顺的人生固然轻松，但轻松的人生往往单薄。这种单薄体现在：一是智慧不够，二是敬畏不够。

智慧不够的人易脆弱，敬畏不够的人易轻浮。前者，因为太平顺而丧失了强大自我的能力；后者，因为太如意而欠缺了庄重自我的能力。

相反，阅历丰厚的人，他们对降临在生活中的苦难和挫折会看得开，却从不看轻。看得开保证了此后的解脱，不看轻升腾了此前的庄重。然后，走过的路，阅过的人，读过的书，化成纷至沓来的经验，虽然大事不可能化小，但遇事肯定不慌乱了。

人一辈子活下来，若能得这份淡定和从容，就是圆满。

从人生的过程来看，命途多舛的人似乎很可怜，但从结果来看，无风无雨的人生其实很可悲。尽管谁都希望生活能无痛无痒地过，但太过轻盈的生活，并不能修来有质量的灵魂。

或者，换一种表达就是，在命运的千疮百孔里，才会看到灵魂的厚度和光泽。

泰戈尔说："你今天受的苦、吃的亏、担的责、扛的罪、忍的痛，到最后都会变成光，照亮你的路。"

是的，苦难的人，因为在黑暗的日子里待得更久，所以总会有一些涅槃，他们未必长出了翅膀，但灵魂带灯。

人生会有这样两种痛苦：一是生活没有把你安排在合适的位置上，你只好苟活；二是身边没有为你匹配合适的人，你只好苟且。

苟活会觉得窝囊，苟且会觉得委屈。于自己，看起来都叫不如意。

你的冰箱里藏着你生活的模样

◎ Jenny 乔

我在美国读书的时候，冰箱不是空空如也，就是一堆打包的剩菜剩饭。那时候吃饭基本都是10分钟之内可以搞定的快餐，连去餐厅点菜都觉得耽误时间。可是，我妈每次打电话的时候，问我的第一句话就是今天吃什么了。我只好胡编乱造，从红烧排骨到油焖大虾，从比萨到意大利面。然而，谎言最终还是在她来看我时被拆穿了。

去机场接她之前，我把家里的每个角落都整理得干干净净。可是，当妈妈打开冰箱的时候，我彻底傻眼了。塑料袋里不知道一坨什么东西，飘出一股恶臭……我已经不记得自己有多久没打开过冰箱了。

我妈说，就算一个人，日子也不能过成这样，女孩的冰箱和脸一样重要。只有在那个唯有你能看见的角落里，才有你对待生活最真实的态度。而这种态度里藏着一个你不愿意承认的答案，你到底是不是真的爱自己。

以前，我一直觉得一个人怎么凑合都行。后来，隔壁住的同学嘉嘉给我上了深刻的一课。嘉嘉是广东人，做得一手好菜，煲得一手好汤。每个周末，她要做一大桌子菜，召唤同学们去她家吃。住在她隔壁的我，绝对是最受益的一个。每次，我问她哪儿来的那么多时间煲汤。她总说，一点儿也不麻烦，一边看书一边就做了。

于是，我开始观察其他人的冰箱，当然还是从嘉嘉开始。她的冰箱上贴满了她在各地旅行时买的冰箱贴和写满日常的便利贴。打开嘉嘉的冰箱，每个格子里放着不同的东西，她甚至把蔬菜都贴上标签，可以清楚地知道哪些菜快要过期了。

曾经听过一句话，从冰箱里食物的腐烂程度，能看出一个人心里的温度。一个人的日子过得好不好，冰箱绝不会撒谎。

很多人说，没钱的时候谈不上生活质量，这句话本身就是对生活的莫大误解。高质量的生活，不是你花了多少钱享受生活，而是花了多少时间和心思去经营生活。很多人喜欢花大手笔去置办家居用品，然后把它们变成冷冰冰的摆设。但是，冰箱不吃这一套。你不给它足够的关注，它就会用腐烂的味道吸引你的注意力，直到有一天你被迫给它关注。

懂得照顾冰箱的人，日子不会过得太差。生活的道理有时很简单，你想要被生活疼爱，得先学会疼爱自己。

你不喜欢的每一天，不是你的

◎宁 远

身高一米六五，体重要维持在49到52公斤，这是我给自己定下的任务。身为自己服装品牌的模特，能穿进中号衣服是必须的，无论是试穿样衣还是拍新品图片，这些数字所代表的身体都不胖不瘦刚刚好。

不需要很瘦，但需要拥有控制自己身体的能力，在"适当"的原则下管理身体，寻找分寸。分寸的掌握需要慢慢习得，每个人是不一样的。

除了分寸，我特别想强调的是：享受每一个时刻自己的样子，与身体和解。"我现在这个样子是好的，我还会变得更好。"而不是"我讨厌现在的身体，我要改变"。前者和后者有本质区别。

在健身房看见太多把身体当作仇人一样的女人，她们面无表情，双眼漠然，每一个动作都狠狠的。这样的人没有把当下的运动当作享受，她们只是带着任务和目的来到健身房。

我的意思是，即使你超过标准体重50斤，你也应该做一个轻盈的胖子，热爱自己，热爱你和这副身体相处的每一天。

相比"狠狠"地运动，节制地面对食物可能更重要。当然，节制地面对食物，首要目的不是更瘦更美，而是为了更好，这个好比美更美。我们身处一个物质太饱、精神很瘦的世界，物质的饱足感带来的是迟钝和麻木。节制地面对食物，最重要的是精神状态，保持适当的饥饿感，人对周遭的感觉会更敏锐，更清明。

我曾经试过连续几天不吃主食，只喝水和吃少量水果。几天之后的一次进食，每一样食物都能呈现它本来的味道，我确定我那个时候是在真正享用美食，而不是"吃得很饱"。

其实说到底，就是这句话：要用掌控人生的野心来掌控身体。突然想起以前做老师的时候，班里有个同学告诉我：我不想起床上课，但坚持来了，上完课心情就特别好，觉得没有辜负这一天。下课我就是去打游戏也会很投入很开心的。但假如我待在寝室睡觉打游戏，我一整天都不会快乐的，尤其在夜晚，会空虚，无聊，讨厌自己。

是这样的，投入地工作才能投入地休息和玩耍。管理身体也一样，做一个让自己喜欢的自己，睡觉前可以对自己说：今天，我对自己满意。

要记得：你不喜欢的每一天，不是你的。

自律的人生真的好酷啊

◎巫小诗

我的母亲是一位运动健将，这一点，我丝毫没有继承到她的身体素质。

母亲的身体素质秒杀同龄人，甚至和青年人有一拼。单位举办职工运动会，有几十人参加的5000米长跑比赛中，母亲能跑到第三名，前两名都是二十多岁的小护士，两人年龄加起来和母亲一般大。

母亲的好身体并非天生，她儿时也是瘦小体弱的人，只是作为医护人员的她，生活非常自律，很懂得管理自己的身体。

母亲没有花额外的时间锻炼，但她每天坚持步行40分钟上下班，风雨无阻。

母亲不上班的时候也会六七点钟早起，每天晚上十一点前就会睡着。她一直睡硬床，因为床太软对腰椎不好。枕头是她自己做的，小小的、扁扁的，因为市面上的枕头又高又软，对颈椎不好。

母亲只吃食物，很少吃食品。

这个需要解释一下，食物呢，是能看到食物最本真的形态；食品则是食物经过多重加工之后的呈现。比如，土豆是食物，薯片是食品；紫菜是食物，海苔是食品。

吃饭的时候，母亲吃了七八分饱就会停筷，哪怕食物最终会被浪费，她也不多吃。她说："宁愿让它成为垃圾桶里的垃圾，也不让它成为身体里的垃圾。"

当了母亲二十多年的女儿，我从来没见她吃垃圾食品、喝碳酸饮料，所以我这些年吃零食都得跟她打游击战，也是挺苦的。有时候觉得，母亲这么自律的人，应该上交国家，去培养成一个"铁人三项"选手，不然真的浪费了她的体力和耐力。

还有坚持晨练的长寿老人，时刻忌口的苗条美女，又忙又有条理的职场强人……那些我们欣赏的、羡慕的、崇拜的人，他们都有一个共同的优点——自律。

人不会生来完美，但自律的人，懂得用适合自己的方式，把不完美一点点雕琢，有毅力把自己的懒、丧、馋关进小黑屋，变得更健康、更美丽、更优秀。

自律的人生真的好酷啊！

上海 Lady

◎张今儿

  小姨其实不是我的小姨。四十年前的一个夏天，太外婆去世那天，同一家医院有女婴被弃。护士都在议论这个孩子长得这么漂亮，怎么有人舍得不要。外婆刚从太平间回来，懵懂地被一个相熟的护士热情地挽着手臂，一起去看那个像从画报上剪下来的娃娃。不看不要紧，外婆一看，这个眼睛像葡萄的孩子，嘴角也有两颗痣，刚好在两个梨窝边，和太外婆一样。不由分说，外婆办足手续，把自己母亲去世这天出生的孩子领回家。随自己姓，叫圆圆。

  生命来去，是个圆。那一年，外婆四十岁。

  小姨从小就知道自己不是外婆的孩子，但也知道自己最讨外婆喜欢。她的亲生父母是哪里人已经不得而知，但她身上那份熨熨帖帖的上海小囡的鬼灵和圆滑倒比姐姐们更突出，拿捏情分是她的本事。小时候我把她奉若神明，跟屁虫一样兴冲冲黏着她，倒真从来没见过她说一句"诶呀侬个宁哪能个呢样子额啦"。

  "小姨小姨，汤圆小姨！"

  "毛茸茸，叫我圆子阿姨！"四十年后，她的泼辣喷怒还是不改，是正宗豆沙的甜而不腻，带着糖分温暾迟缓地流泻下来，包裹住每个眼神字句。

  人人都讲小姨嫁得好，但她三十七岁时发现婚变，立刻离婚，把钻戒冲进抽水马桶，要了一半钱，让对方离开。

  当天她拎着一包现金，去那个相熟的美发沙龙，谈着怎么入股。

  我二十来岁时，还是崇拜小姨，顺带后知后觉地心疼那枚被冲进马桶的钻戒。

  "几克拉？怎么不留给我？"摊上好事，我总出头要一份。

  小姨神秘地不作声，伸出一只手假装看指甲。五指翘起，每一根都染得娇俏。

  "五克拉？"我眼睛闪亮。

  "做你的大头梦咯。"她骂，然后她又吐吐舌头，"当时为了要伊签离婚手续，买了个假的往下冲骗骗他的，真的老早被吾收起来了。"

  "在哪？"

  "喏，"她努努嘴，"前年你十八岁，换成耳钉在你耳朵上了呀。"

  是，她说过这个礼物会叫我终生难忘。

吃商高的人，真的很有远见

◎梁 爽

我从小以为自己每个月都扁桃体发炎是因为体质太弱，直到去江南一带上大学才意识到饮食清淡有多重要。

我的家乡无辣不欢，习惯等油热了后把干辣椒甩进锅里，等冒起白烟后才放菜炒，我爸经常这么炒菜，好吃是好吃，就是超上火。读大学后，一开始我不能适应不辣的口味，还要家人寄辣椒给我，后来脸上长痘，别说辣椒，连酱油之类的调味料都不碰。等我饮食清淡后，发现我一年扁桃体仅发炎了两次，分别在我寒暑假回家时。

吃商决定体质，一方水土养一方人，一方水土也可导致一方的病。

当年我怕长痘留印，饮食极其清淡，在食堂只打浅色的菜，点外卖嘱咐只放盐，再加上经常去校门口买薏米水、银耳汤，我痘印退了，皮肤变白了。那时我发现，饮食真的可以改变皮囊。大学期间，我选修了营养课，记得老师说过，"改变饮食习惯，就能改变体质"。有时候，好吃的东西害人，难吃的食材却养人，当我一遍遍给自己洗脑：自己喜欢吃新鲜的、原味的、清淡的、天然的食物，结果味蕾都改变了，甜肥腻的、重口味的、深加工的，本能地不想吃，吃了总觉得口很渴，不舒服。

后来发现自己贫血严重，于是增加红肉，有意识地增加补血食材，觉得精力有所提升。我越来越觉得，你的吃商，塑造了你的身体情况和精神状态。

现在的我对自己的"吃商"还算满意，平时尽量吃得清淡天然、健康多元一些，偶尔吃香喝辣也不会负罪感深重，根据自己的体质做些有的放矢的调整，一日三餐，规律饮食。

之前我看到一个报道："医院规模越建越大，医生队伍成倍增长，而病人却越来越多，这是医生的悲哀，也是医学的失败。"

其实我们每个人都是自己的医生，治已病是医生的事，但是治未病是自己的事。我受不了听人说"这不能吃，那也要忌口，活着有什么乐趣"，说这话的人去医院看看，生病住院手术打针何其煎熬。还有动不动就说"不能辜负美食"的人，你嫌美食辜负你的还少吗？乱吃东西，不懂节制，会提高患病概率；而注重膳食会大大降低疾病和亚健康的发生率。

没事多看看膳食宝塔，并想想医学之父希波克拉底的话：让食物成为你的药物，而不要让药物成为你的食物。

25岁最"狡猾"

◎袁 越

巴黎一家计算机研究所的研究人员通过实验发现，25岁是一个人一生中最"狡猾"的年纪。

科学家们招募了3400名年龄在4~91岁的志愿者，让他们和计算机玩游戏，互相比"傻"。这个游戏要求志愿者尽最大的能力假装自己不是人，在掷骰子、打牌和画图的时候尽力表现得像是随机程序，毫无规律可循。

与此同时，电脑会想尽一切办法从志愿者的行为中寻找规律，看看能不能找出一个算法来预判志愿者的下一步行动。这个算法的设计难度越大，说明志愿者的"装傻"能力越高，志愿者也就越"狡猾"。

结果显示，一个人的"狡猾"程度在25岁时达到最高峰，然后逐年缓慢下降，到60岁之后下降速度会明显加快。

传统理论认为，一个人在做决定的时候，其实就是大脑在对各种可能的结果做出预判，从中挑出最优选择。有科学家不这样认为，如果每一个动作都是按照一定规律做出的所谓"最佳选择"的话，那么一旦天敌找到这个规律，便可以轻松地占得先机。所以，这些科学家相信至少有一部分决定是随机做出的，因为这样的思维方式在进化上更有优势。事实证明这是正确的，随机确实是一种很常见的行为模式，人和动物都是如此。

这个结论可以很好地解释创造力为什么总是青睐年轻人。一方面，所谓创造，其实就是不按常理出牌，不被规律所左右。另一方面，这种看似随机的想法并不是随便冒出来的，它要求创造者必须有意识地解放自己的大脑。这是一件极耗能量的事情，只有精力旺盛的年轻人才有劲去做。

没有"完美的幸福"，只有"我的幸福"

◎蔡康永

小时候，家中来往的客人中，有一位来自老派有钱人家的遗老。即使不是过年过节的平日，只要他来家做客，如果遇到家里帮忙的人，他一律给每个人打赏一个茶包，这是他日常的派头，所以他是我家很受欢迎的客人。这位遗老有天来家中闲聊时，讲了一件他家的事，我当时大概十岁，听了很生气，也很害怕。

遗老说他的爸爸，是从少年时，被他的祖母一路喂鸦片烟长大的。我根本没想过，会有家长喂自己家的孩子鸦片，不但难以置信，而且觉得好黑暗。那时候当然只是小孩见识，想不明白。遗老看我那么气，笑着告诉我原委。遗老的爸爸，是他们家里那代的二少爷，上面有个哥哥是大少爷，这大少爷，也就是这位遗老的大伯父。这大少爷一心大展宏图，被身边的狐朋狗友怂恿着到处投资，把家产花去几乎一半，血本无归。

大少爷的妈妈急坏了，禁止大少爷再动家里的钱，大少爷愤而离家。家里剩下二少爷，妈妈担心他步上大少爷那样乱投资的路子，于是让二少爷从少年时就吸上了鸦片烟，借以把他留在家里，不会出门结交三教九流的朋友，也不会有什么雄心壮志。

虽然二少爷的人生就此在鸦片榻上度过，但这样总算保住了剩下的家产。二少爷也依照妈妈的安排，娶妻生了孩子，其中一个儿子，就是讲故事给我听的这位遗老。

这么多年过去，我还是鲜明地记得当初听到这件事，我愤怒到顾不得对长辈的礼貌，从位子上跳起来大喊："怎么可以这样！"

当时我接受不了，立刻离开客厅，躲回房间去生闷气。现在我偶尔还是会想起这个故事，我在想这一家母子三人，唯一得偿所愿的，是母亲吧。大儿子与二儿子，应该都不能算幸福。但如果勉强一定要猜测哪位比较幸福的话，你觉得是哪位？有人羡慕安逸的、饭来张口的生活，那是二少爷的生活。也有人向往闯荡世界、一身伤疤的生活，那是大少爷的生活。

两种人生都说不上多幸福，一定要比较的话，似乎只有一个标准：他们二位，谁比较有机会探索了"'我'是谁"，谁比较有机会去感受"什么样的生活是'我'要的生活"。没有人能追求"所有的幸福"，这种东西不存在。只有一种东西，是"'我'的幸福"。

想要幸福的人，须先拥有"我"。把"我"搞丢了，抽屉的锁就打不开，抽屉里的幸福就永远拿不出来了。

为什么你要和靠谱的人在一起

◎风清扬

朋友T君遇到了几个搞游戏开发的朋友,他们搞了一款游戏准备自己成立公司自己运营,但苦于缺乏投资,找了半年没找到投资商。于是拉T君入伙,准备一起找投资商。T君凭借自己多年的人脉关系,很快就找到了一家很大的投资集团愿意入资。可是那几个人认为,既然已经找到了投资人,T君就变成多余的人了,何苦还要分给他股份呢?于是他们踢走了T君,准备自己去签署合同。

你作为投资人,这样的合同你敢签吗?投资人怕的就是变来变去。你在最后关头将中间人一脚踢走,准备吃独食,这种事儿你能干,其他事儿你也会干出来,既然你这个人不可靠,那么你有多大能力、本事,都不重要了,因为反正也不会同你合作。投资其实投的是人和团队,其中最重要的就是可靠,而不是你的专业技能。水平不行还可以花钱雇更强的人,如果此人不可靠,那就彻底没办法了。

小时候喜欢看《三国演义》,几乎人人都知道,在武将之中能力最强的就是吕布,俗话说:人中吕布,马中赤兔。但是后来被称为武圣的并不是吕布,而是关羽。

因为关羽具备两种身为武将最重要的品质:"忠"和"义",吕布则是个三姓家奴,谁势力大就投靠谁。同样都被曹操抓住了,吕布原本还想找刘备求情,结果刘备说了一句"君不见丁原董卓之事乎",于是曹操就把吕布给咔嚓了。

关羽投降之后,曹操对他大力投资,关羽也是知恩图报,先是斩颜良诛文丑,解白马之围,后又在华容道放了曹操。曹操的投资有了很大的回报。如果曹操是个投资人,那他肯定超级厉害,因为他懂得看人。

诚信不仅是一种品行,更是一种责任;不仅是一种道义,更是一种准则;不仅是一种声誉,更是一种资源。就个人而言,诚信是高尚的人格力量,是人与人之间相互信任的基础。一个靠谱的人,往往更容易得到信赖和尊重。

笨是一种怎样的体验

◎戴帽子的鱼

童年的记忆不多，我只记得自己曾经非常非常笨。

笨到什么程度？小学教大于和小于符号，我怎么也弄不清楚两个符号的差别。我知道一个开口朝左，一个开口朝右，但就是分不清谁代表大谁代表小，常常搞混。我也不敢问别人，怕别人鄙视我太笨。好多次放学回家的路上，我心中溢满悲哀和绝望，不断问自己连这么简单的东西都学不会，是不是智障，是不是人生没有希望，是不是不配拥有美好的梦想。

但接下来的内容我学得很顺利。也许因为这一章实在太简单了，考试都没怎么出相关的题目。那一学年的综合排名出来，我是全年级第三名。没有人知道全年级第三名连大于和小于符号都分不清楚，只有我自己知道。我是一年以后才后知后觉地学会这两个符号，而且一辈子都忘不了学不会的痛苦和学会后的释然。

上高中时，我邻座坐着一个非常用功的女生，长得很可爱，每次下课也不出去玩，听说她每天也睡得很晚，可她的成绩永远都在中游晃荡。每次公布月考成绩的时候，我最关注的不是自己的，反而是她的，真心希望她能够一下子冲上去，希望她能开怀一笑。可惊喜从来就没有发生过。有一次考试后，我看见她哭了，摘下眼镜趴在桌子上无声地哭，肩膀耸动，没有人敢去安慰她，因为不知道该说些什么。大家正在犹豫的时候，倒是她吸了吸鼻子，用手背擦了擦眼泪，再戴上眼镜，又抿着唇继续做试卷。

大学的时候，我去给小学生做家教，他一直不太认真，他妈妈走进来吼他："你这么笨还不努力，以后可怎么办？"

他抬起小小的头，神情幼稚，理直气壮地说："我不是每件事都笨啊，我画画就很好啊。"他拿出他画的水墨荷花，比我画的还要好。

那一刻，我好想穿越时光回到我的小时候，告诉那个因为分不清大于和小于符号而倍感耻辱的自己："没关系，你还可以做其他事。"我也好想回到高中，告诉那个每次都全力以赴、成绩仍毫无起色的女孩："也许你不是很聪明，可你比第一名更让人佩服。"

聪明只是少数人的属性，如果你没有这种属性，那你可以成为一个真诚的人，正直的人，单纯的人，勤奋的人，美好的人……

这个世界，可不是单靠聪明就能撑起来的啊。

净身出户的老太太

◎倪一宁

住我们前楼的老太太离婚了。

她少说也七十岁了，精瘦、苍白，夏天常穿一身水蓝色的衣服，像一团晕开的蓝墨水，冬天罩着沉重的羽绒衣，每走一步都是种较量——是人撑起衣服，还是衣服把人拖垮？她喜欢在阳台上放越剧片段听，边修剪花草枝叶边轻声跟唱。她养一种不知名的粉色小花，专在盛夏里开，开起来满树披挂，异常芬芳，是那种把夏日夜晚浓缩在其中的甜香。

别的老太太喜欢逮住邻居打招呼，问晚饭吃了吗，她不一样，哪怕在窄窄的石径上狭路相逢，也是互相点点头，不亲热，但也从不让你难堪。

她的丈夫，喝酒，喜吆喝，时常呼朋唤友。黄昏时分，有年轻夫妻带小朋友出门散步，他一碰上，就把小朋友高高举过头顶转圈。夫妻俩紧盯着那软软的一团，生怕稍有闪失，又磨不开面子，这种其乐融融的困境，常是由她来点破的，她用手拍一下老头子的背："好啦，往前走。"这小幅度的举动，像一串密码，暗示了她早年的性情和教养。

这可能是周围居民都喜欢她的原因。

可是老太太离婚了，净身出户，和子女断绝了关系，独自去租了一个小户型房子，过的日子和从前别无二致，只是少了一个动辄摔杯子的老头子。

她的子女觉得丢死人了，都在那边劝。我妈对我说："你爸爸听了骇死了，我就吓他，他要再那么忙，再过二十年我也闹离婚。"我大笑，假装没有听出，她花团锦簇的语气里，渗出来的失落。我离家已经两个月，爸爸辗转于各个城市，她的闲暇时间是怎么过的，我没有问，也不敢问。每次打电话唯独不敢问一句"妈妈，你真的快乐吗"，这问题太矫情又缺乏意义，子女不添乱，丈夫能赚钱，不就是大多数人眼里的"岁月静好，现世安稳"了吗？

老太太的勇气是在哪儿攒出的呀？是默然盯着脚尖时吗？是在黄梅戏《天仙配》的唱段里吗？是在那酿满甜香的花簇里吗？是要攒够多少勇气啊，才能不计漫长一生的浩荡成本，不顾儿女的议论眼光，选择重新来过。那不是放弃了一套房子或者一群儿女，而是放弃了给人生一个虚假的圆满句号的权利。哪怕已经看到了彼岸，哪怕听见了观众席上的鼓掌，哪怕筋疲力尽很想入港，可是当我知道那不是我要的岸时，我还是掉头，往苦海里去。

保持好心情的几条锦囊妙计

◎李银河

人生不如意事常八九。既然如此，怎样才能在人生中时常保持好心情呢？这也是我在静修中常常思考的一个问题。想来想去，想出以下几条锦囊妙计，若依计而行，必有奇效。

第一，在涉及空间的问题上，想大比想小要好。想得越小，心情越坏；想得越大，心情越好。在心情郁闷的时候，就往世界宇宙那儿想一想，想想自己的渺小和生命的偶然，就会豁然开朗，觉得没有什么事情值得郁闷了。

第二，在涉及时间的问题上，想远比想近要好。想得越近，心情越坏；想得越远，心情越好。在不快乐的时候，往几年以前或者几年以后、一辈子或者几亿年想一想，想想自己只有这短短几十年可活，与其活得这么郁闷，不如放松心情，高高兴兴地过完这几万个日子。

第三，在涉及做事的问题上，想目的比想手段要好。想如何去做心情不好；想为什么去做心情才会好。在不快乐的时候，就想想自己所做的一切事情都是为什么做的，想想自己活着是为了快乐而不是为了吃苦受罪，于是只做那些给自己带来快乐的事情，放下那些给自己带来痛苦和折磨的事情，心情自然会好一些。

第四，在涉及别人的问题上，想喜欢的人比想讨厌的人要好。想自己讨厌的人时心情不好；想自己喜欢的人时心情才会好。在不快乐的时候，想想那些爱自己的人，喜欢自己的人；想想那些自己爱的人，自己喜欢的人。想想他们是多么可亲可爱，他们对自己又是多么好，而不是去想那些讨厌自己的人或者自己讨厌的人，这样心情就能开朗起来，愉快起来。

第五，在涉及自己的问题上，想优点比想缺点要好。想自己的缺点心情会坏；想自己的优点心情会好。比如，如果自己长得漂亮，就想上帝真是眷顾我，把我生得这么美；如果自己聪明，就想别人用一个小时才想明白的事我怎么几分钟就懂了，我真高兴；如果自己长寿，就想别人才活八十多岁，我竟然活到一百岁了，我真幸运。这样，即使自己不漂亮，不聪明，官不够大，钱不够多，名气不够大，可还有些比别人强的地方，这样想之后，心情兴许就会好些。

虽然人生不如意事常八九，但是只要常常像这样来调适自己，就一定能够保持好心情。即使有人说这不过是阿Q的精神胜利法，我也宁愿这样去做，毕竟还是要强过闷闷不乐地度过一生的。

清事

◎王太生

宋人林洪有一本满纸微风的《山家清事》。所谈之事,亦俗亦雅,将相鹤、种竹、酒具、泉源、插花、诗筒、食豚……统统列入清事范畴。让人饶有兴味的是,有一款梅花纸帐:在一张床的四角竖起四根黑漆柱,上横架一个顶罩,在顶罩和床头、床尾以及背壁三侧用细白纸蒙护起来,在上下床的一侧悬挂帘子,就做成了一个纸帐。在纸帐之内的四根帐柱上各挂一只锡质的壁瓶,瓶中插上新梅数枝。

我如果出生在古代,白天太忙,生一些烦心事,大概也会有这样的一顶纸帐。舒服地躺在床上,翻几本闲书。

想法单一,清闲笃定,按我的理解,抬头看天,低头观水,便是清事。

清事是两个好友,对面小坐,串门聊天。说话有一搭没一搭,说着闲淡事,其中一个大概是头天没有睡好,还打着哈欠。

抱膝闲看,也算是一桩清事。某个人,抱着膝,左望望,右看看,他闲淡无事在看街,看红尘滚滚,人如蚁。看到对面有个光头男人,在甩春卷皮,他手上沾着一团面糊,黏而有弹性。炭炉子支得老高,齐到胸前,炉上置一铜皮平锅,面糊在烧热的铜皮上一甩,掀下来,就是一张春卷皮。圆形的春卷皮薄如蝉翼,拎一张春卷皮,在阳光下看,透过稀疏纹理,看见熙攘的市井人影。

清事之清,在于它的安妥,轻手轻脚,轻声轻气,清新淡雅。

月下散步是清事。有一次,朋友张老大请我到乡下喝酒,宴罢,在他家屋后月下散步。张老大对我说,你们这些城里的人,有空经常到乡下走走,在城里你能看到这么亮堂堂的大月亮吗?张老大在月下摇头晃脑,像个诗人。这样,我就想起900多年前宋朝的一个夜晚,苏轼看见窗外月光如水,睡不着,便披衣出门去找朋友张怀民。住在承天寺的张怀民也睡不着,两人在月下散步聊天,所谈皆清事。

《菜根谭》里有一句话,"幽人清事,总在自适"。这个世界微微的抱憾是什么?"无人相与言清事"。最充实的快乐又是什么?"道人清事饭溪蔬"。

一件事,本分、安静,是清事。清清寂寂,纯净透明,没有杂质。这个人,在过程中,神态安详,呼吸均匀。既是妥妥帖帖,气定神闲地做一件事,也是一种修身养性。

自己给自己买钻石

◎黎贝卡

小时候看妈妈每天戴一对小小的钻石耳钉,就掰着手指算我什么时候能"继承"它。然而妈妈对那对耳钉的爱一直没有褪色,还屡次在我虎视眈眈时警告我:这对耳钉我会一直戴的!所以我暗暗下决心要给自己买一对。

毕业第一年领到了第一笔年终奖,我想买一对钻石耳钉。在店里,销售把钻石耳钉一对对拿出来给我试,从大到小,不厌其烦。但即使是最小的,当时的我也负担不起。

大概是看出了我的窘迫,那位可爱的销售,果断地收起所有的钻石耳钉,拿出来几对珍珠耳钉,对我说:"女孩子买什么钻石,钻石应该等别人送!自己买就买珍珠。"

他很好地替我解了围。买单时,他特意指着珍珠耳钉上那颗小到不能再小的碎钻说:"你看,这里也有钻石的!"这对珍珠耳钉,过了十多年,我还小心翼翼地保存着。那既是我对自己的第一份奖励,也有着来自陌生人的温情,值得念念不忘。

去年在纽约,我终于还是买了Tiffany&Co.的钻石耳钉,是它家最基本的款式,这对钻石耳钉是在纽约第五大道上的那家店买到的,那里也是电影《蒂凡尼的早餐》的拍摄地,我每次去纽约几乎都会去那里打卡。电影里的温情的段子大家应该都记得吧。一个人买不起店里任何一款戒指,和店员寒暄半天,掏出自己带来的一枚银戒指,问店员能不能刻字。那位上了年纪的店员本来想拒绝的,但听他说这枚戒指是买巧克力送的,就贴心地帮他刻了字。这位可爱的店员在那时陷入了一个柔情时刻,"原来现在买巧克力仍然送戒指,这使人觉得,旧日子没有变。"我在这里也受到了同样温馨的对待。接待我的店员是在这家店工作了几十年的老太太。在我试戴各种不同大小的钻石耳钉时,她一直很耐心地告诉我:你脸小,戴小一点的钻石更秀气;不要迷信大钻石,大的不一定就好,适合你的才最好。

是啊!有什么比旧日子原来没有改变更浪漫的事呢?

说起来有点好笑。这是我第三次走进这家店试戴这对耳环了。前两次,我总有心魔,想买的时候就想起香港那个店员跟我说的话:"女孩子不要自己买钻石,要等别人送。"而这次买下它的时候我毫不犹豫:自己有能力给自己买,为什么要等别人送呢?

现在的我知道自己想要什么,基本不再在意别人的眼光了,自己就能给自己十足的安全感。

"退可守"没错，但也别忘了"进可攻"

◎李月亮

我爱吃樱桃，去年却没吃到，原因有点奇怪：好友知道我对樱桃的嗜好，有次来找我玩时，提了两箱，当时樱桃还将熟未熟，所以这两箱樱桃有点酸涩，我就放一边了。后来樱桃大量上市，我屡次看到欲买，但想到家里还有那么多，没必要买，可回家看到那两箱樱桃，又觉得不好吃，不想吃。

最后，家里的两大箱樱桃终于烂得差不多，全扔了，而樱桃也过季了。

就这么错过了大樱桃，后来几次想起来，我都觉得挺亏：又不是没卖的，又不是没钱买，又不是不想吃，结果居然没吃到，真是莫名其妙。

再后来反省这件事，发现问题出在我的决策上：那两箱既然不好吃，就该早点扔掉它，何必非留着，把它等烂了，把新鲜的也错过了。

幸亏只是一季樱桃而已，错过了也没什么大损失，要是人生大事就悲剧了。前段时间跟小妹聊天，她正为一段感情无限纠结：交往了两三年的男友，一直跟另一个女孩暧昧不清，对她时好时坏。小妹说，他们之间存在很多问题，但她就是狠不下心来做了断，怕真放弃了，以后会后悔。我一下想起那两箱樱桃来，小妹的感情无非也是如此：酸，不好吃，但扔了又可惜，非等它自己烂掉，才舍得放手，以使自己心安，一生无悔。

可是一个女孩子，你有多少青春可等待，有多少感情可付出。很可能等你这段感情终于烂掉了，终于可以心安理得去寻找下一段时，最好的季节已过去，你已经没有新鲜樱桃可吃了。

大概很多人的生活中都遍布鸡肋：鸡肋樱桃，鸡肋感情，鸡肋工作，鸡肋房子……很多东西都不尽如人意，但你没有将其扔掉，觉得总归有它在保底，好过没有。因为一堆鸡肋樱桃，总还是能吃的。一份鸡肋感情，总还能填补身边空缺。一份鸡肋工作，总还可以给人一处安身立命之所。

可是，当一个人"退可守"时，便常常忘记了"进可攻"。很多时候，正是这些给你保底的鸡肋，挡住了你的路，它们的存在，让你失去了去寻找更好的东西的理由和动力，也就让你远离了本来可以更好的人生。为了"将来不后悔"，你不知道错过了多少好东西。其实，很多时候，放弃才是最重要的选择。

一个人最好的状态是什么

◎ 马未都

一个人最好的状态是什么呢？是眼睛里写满了故事，但脸上不见风霜。

这话说得有意思，一个人在这个社会上，想得到别人的尊重，必定不是因为纯洁、天真的个性，而是要经历很多的事、有过很多人生体验，才能够堂堂正正地站在这儿，得到别人的尊重。

但你又不能把苦难写在脸上。当一个人出现这种状态的时候，用八个字来形容很恰当——"不羡慕谁、不嘲笑谁"。你比我高，我不羡慕你；你比我低，我不嘲笑你。其实我觉得形容这种状态还差一句，叫"不嫉妒谁"。

我们老说羡慕嫉妒恨，羡慕和嫉妒之间还是有点差距，嫉妒非常影响人的人格。古人说过一句话，恨人有笑人无，看别人有了，内心恨得要死，看别人没有就嘲笑人家。自己永远无法达到最佳的舒适状态。

我们这个社会复杂且丰富，人与人之间的社会背景、家庭背景乃至人生经历全都不一样，所以我们每个人拥有的也都不一样。

我为什么不在"拥有"二字后面缀一个名词呢？就是你拥有什么？你拥有物质的、精神的、非物质的、非精神的，都有很多不一样的地方。

我们每个人站在自己的角度去看待别人的时候，一定不要生嫉妒感。嫉妒是我们生活中的一个文化，你心里过不去的时候，就到墓地里走一走，看看每个墓碑的碑文，看看每个人的年龄，你会有很多感受。

比如我爹，他在世的时候身体特别好，但是在他72岁那年生了一场病，迅速就走了，那是我一生中非常沉重的痛啊。距离他离开都已经过去20年了，我还常常梦见他。

我每年给爹扫墓的时候，看着他的墓碑，心里就想，他为什么不能多享几年福？但我在巡视那一溜墓碑时，我发现这里比我爹活得长的人微乎其微，多数人还没活到这个岁数。所以你不仅要认知这个社会，还要认可这个社会，一个人非常好的状态，就是还可以自由自在地活着。

我就是想要最好的

◎黎饭饭

小学的时候学校组织话剧表演，剧本是白雪公主的故事，老师问：谁想演白雪公主？没有人应答。人群中沉默良久后，一个女生举起了手。我们扭头去看她，瘦瘦矮矮的，皮肤还有些黑。"她怎么能当白雪公主呢？"我心想，老师一定会把她换掉。可是直到最后登上舞台，那个皮肤稍黑的女生依旧是白雪公主。很久以后我回想起这场话剧，明明大家都想做那个最厉害、最风光的人物，但因为他们从没举起过手，也许更合适的机会都会从他们眼前悄悄溜走。

后来看的一部剧里，女主的经历和我很类似。幼儿园时期，她和小伙伴们喜欢扮演美少女战士，大家都喜欢粉红色的水手月亮，而她每次都是拿绿色的水手木星。在谈起这段经历时，她说："我还没有勇敢到能直说我想要最好的。在看到美好的事物时总是不由自主地想，自己怎么配得上呢……"就这样，我们和自己喜欢的事物一次又一次地擦肩而过，还安慰自己说"没事，我不想要"。你的人生，就输在了这一次次的自卑上。

不得不承认，很多事情是需要去主动争取的。

静是我大学的学姐，雷厉风行，仿佛从小到大都是一帆风顺，没遭受过什么挫折。

静跟我说，其实不是这样的，高中刚入学时选班干部，她初中就是班长，也很想继续做下去，但担心自荐显得太出头，于是便没有表意，期待着被大家慢慢发现自己的能力。结果为期一个月的班干部试用期过去后，那些自荐的班干部在老师的调教下越来越得心应手，同学们也纷纷将选票投给了原先的班长而不是静。

竞选失败那天，静一个人待了很久，后来她就像是变了一个人一样，不再小心翼翼，而是一往无前。想要的荣誉，即使没有人竞争也要去争取。想要参加的比赛，即使对手强大也要填上自己的名字。她说，高中之后她想明白了，要相信，自信也是能力的一部分。如果你只是肯定于自己的能力而不去表现出来，在他人看来，和没有能力是一样的。

你是什么样的人，很大程度上取决于你想成为什么样的人。伯乐不常有，所以，与其幻想着有朝一日自己的才华被突然发现，一跃而至人生的巅峰，还不如自己为自己引荐，以赢取更多机会。不要畏畏缩缩思前想后，想做的事，直接去做，一败涂地也总好过从未开始。

希望每个人都可以坦荡荡地说出自己的真实想法：我想要最好的，这并不丢人。

盯住一个点

◎欧阳中石

艾思奇先生是我的老师。他知道我认识齐白石先生，就问我："齐先生的虾子是怎么画成的？特别是虾的透明性是怎么画成的？你看过他画吗？"我说："我看见过。"

艾思奇要求我说说白石老人画虾的过程，我就解释白石先生如何用淡墨，如何画头，如何画身子，身子是如何弯曲，又如何画虾的那小腿儿。

艾思奇一直点着头，不说话。最后他问我："画虾头的要点就你刚才说的这些吗？"我说："不，齐白石先生还在虾头上画了一点稍微浓的墨。"

艾思奇"噢"了一声，依然提问："你注意到他点黑墨的时候都是怎么做的吗？"我说："他很随便，就是用笔蘸了一点墨，在虾头上往后一弄。"艾思奇说："对，那是虾平常吸取食物后进去的泥滓，就在那地方。你还注意过齐先生的细微做法吗？"

我说："没怎么注意。"

艾思奇追问："你再想想这黑墨是怎么画的。"

我说："笔放在纸上往后轻轻一拖，不是一团黑，而是长长的黑道儿。"

他追问："还有别的吗？"我想不出来。

艾思奇说："你找时间再去看看。"那时候我已经不常到白石老人那里去了，再看他画这个的机会太难得了。他画这团黑墨我曾经认真看过，还有什么可以注意的呢？

我就找白石老人的现成作品看，我仔细认真地推敲，有了过去不曾注意到的新发现：在虾头部的黑墨之中，可能在它干了或者快干的情况下，白石老人又用很浓的墨——几乎都浓得发亮的墨——轻轻加了有点弧度的一笔。这个弧度神奇地表现出虾头鼓鼓的感觉。如果把这一笔盖上，虾的透明性就不那么明显；把手拿开，一露出那一笔，透明体就马上亮了。

哎呀！我马上感叹，一个哲学家在观察一幅国画作品的时候，居然比我们亲手操作的人还要看得精到，太了不起了。

所以一个人在学东西的时候，不是光在当时学，事后还在学，发现一点特殊的地方都很了不起。如果不是艾思奇先生的启发，我想不到再看这一点。看了这一点，我马上懂了。跟着老师学东西不是瞪着眼睛就能学会的，没有一定深度不行。正是因为这个，我更不敢画了，很少画虾，可是这个要领我倒知道。

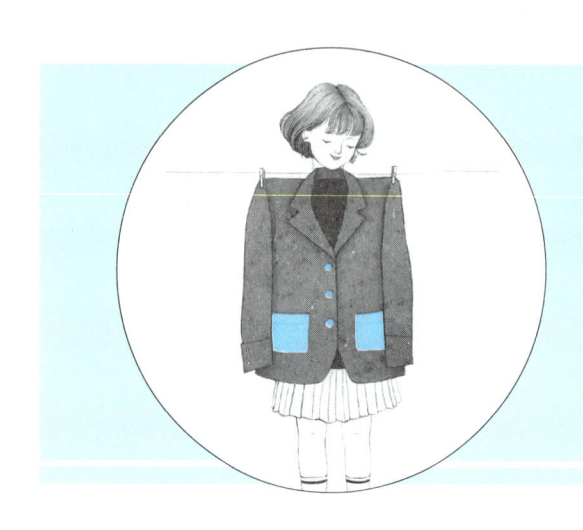

所谓成为大人

◎李起周

"大人究竟是什么?"

是褪去了纯真,在乐观与悲观交替的心态中向现实妥协的人?还是懂得了人生价值,承认理想和现实的差距的人?或者是填补这个差距的人?倘若这些都不是,那么是对世界了如指掌的人吗?

有部法国电影叫作《贝利叶一家》。电影中,处于成长期的少女宝拉比普通的大人还要成熟。她是家庭中唯一有听觉的人,是家庭与外界沟通的桥梁。她代替父母对家畜的饲料价格讨价还价,去集市卖奶酪补贴家用。

宝拉参加校内合唱团后,故事情节开始发生微妙的转变。校内合唱团的教师发现了宝拉的音乐天赋,鼓励她去巴黎的合唱团试镜,于是宝拉开始了内心抉择的斗争,因为她难以抛弃需要自己帮助的家人而独自前往巴黎。

几经周折后,宝拉参加了试镜。她在《飞翔》这首歌中唱道:

"我深爱的爸爸妈妈,我要走了。虽然我很爱你们,但我必须走。不是逃避,只是想要展翅飞翔。"

人生在世,我们走着走着都会像宝拉一样,踏上新的陌生之路。无论挥手作别,还是被迫分离,人在一生中总要经历人力不可抗拒的分别。

此时,划分大人与孩子的界限便是:大人不会在原地犹豫不决,而会含着泪水,拼命奔跑,翻越原生家庭的围墙。

实际上,成为大人没有那么重要。有些人迫切想成为大人,而且通常有一种不正确的逻辑,那便是"成熟的大人一定比不成熟的人优秀"。

我们没有必要要求自己必须成为大人。真正成熟的大人不会扬言"我是大人",要求别人给他大人级别的待遇。大人只是在为人处世上成熟有度罢了。

比成为大人更重要的,或许是成为"真正的自己"。

即使没有解决烦恼,我们也可以用自己独特的方式治愈;即使没有实现梦想,我们也可以与梦想始终保持一段距离,或者守护这段距离。也许这些做法并不意味着成熟,但是意味着实现了自我。只有这样,才是对留在围墙那头的家人最好的回报。

简单处世傻做人

◎村 姑

东晋的罗友是个奇人。他有才，记忆力特好。他曾随桓温平定蜀地，后来皇帝问起成都的情况，别人说不全，他却把宫殿楼阁的大小，道路的宽窄，甚至所种植的果树、竹林的多少，都随口道来。别人不信，拿出簿册来验证，结果毫无差错。

他也会为自己争取机会。一天，桓温召集部下为一个新任太守饯行，罗友姗姗来迟。桓温问他原因，罗友答："途中遇见鬼取笑我说：只见你每次都是送别人去做郡守，却从未见别人送你去做郡守。我先是害怕，后来惭愧，伤心落泪，故而来迟。"听听，在要官呢。此话一出，让桓温也为自己怠慢他而心生惭愧了。可是，智商情商都如此高的人，有很多人都说他傻。从小傻，当官傻，一直傻了大半辈子。

罗友去桓温手下做事。有一次聚会，罗友坐了一会儿就告辞。桓温挽留他，他回复："我听说羊肉味道很美，以前没有机会吃，现在已经吃饱了，就没有必要再留下了。"呵，还是这么简单，直接把最真实的想法袒露出来，不管领导听了会有什么想法。这不是傻是什么？

后来，罗友好不容易被提拔。赴任前，荆州刺史桓豁邀他晚上来住宿。这么显赫的荣耀，又是和高官近距离接触的机会，多少人求之不得呢，你猜罗友怎么说？他说："我已经有了约会，那家主人贫困，也许会破费钱财置办酒食，他和我有很深的交情，我不能不赴约，请允许我以后再遵命。"桓豁不信，暗中派人跟着他。到了晚上，他真到穷朋友那儿去了，与穷朋友高高兴兴地对饮薄酒。

不负上司之约，容易；不负下属之约，也不难。但当两者冲突时，做出选择真的不容易。守信，不负穷朋友，在罗友眼中，是最简单的为人之道，但在他人眼中，就真是傻了呀。

罗友当了刺史，不多事，不扰民，自然也穷。有一次他听见别人夸富，也自夸：我有供五百人吃饭的食具。家里人都大吃一惊：他向来清贫，哪里有这么多宝贝？后来得知，他指的是两百五十套黑食盒而已。

不贪不占不伸手，也是他认定的为官之道。

老子曰："大道至简。"所有的真理都是最简单的。以简单之心处世，遵从做人为官的根本原则，看似容易看似傻，却是极其可贵、极不容易的。

闪亮的低谷

◎刘 同

好多朋友说起过去的人生低谷，泪光闪闪，轻易就能感染倾听者的情绪。大伙儿一起鼓掌，反省自己为什么仍然不能成功。

还有一些人，为了避免低谷，就用幸福的山头去填满一个又一个低谷。宿舍条件不好，就拿一笔钱出去住公寓；怕谈恋爱受伤害，父母安排一次相亲就把自己给推销出去了……事事平顺，人生一马平川，没有山峰，没有低谷，一眼就能望到生命的尽头。

年轻的我们常常分不清什么是情绪不好，什么是境遇糟糕，什么叫工作瓶颈，什么才是人生低谷，或许在成长的道路上，各有各的遭遇，但谁也不知道那是你人生当中的哪一段。

我有个朋友，性格像极了许三多，面对任何困难，眼皮都不眨一下，心里认定了一个目标，就跌跌撞撞着前进。他一直想创建一家公司，一开始做杂志倒闭了，欠了好几百万元。后来做公关，积累了一堆关系，却也没赚到什么钱。来来回回一路折腾，朋友们都在背后笑话他，他笑着说没关系，起码每一次失败他都找到了原因，所以他觉得那不过是成功到来前的试运行而已。

过了几年，他转做品牌代理，把过去几年的关系与资源整合在一起，第一年便盈利还债，成为圈内品牌代理的佼佼者。

说起过去欠了很多钱的日子，他摇摇头，说自己丝毫没有觉得到了人生低谷。他说在他的脑子里没有"低谷"这个词，所有的艰难，都只是为了到达山顶而必经的上坡路而已。

如果你停止，现在就是谷底。如果你还在继续，现在就是上坡。这是我听过的关于人生低谷最好的阐述。

多数成功者，都具有一种钝感力。他们不会被糟糕的环境所影响，他们内心永远有一件值得沉迷与付出的事，这种钝感力足以打败比他们更聪明的那些人。

我们总会看见那些成功的人去分享他们过去的种种不堪，关于曾经，他们感慨连连。并不是他们在炫耀，而是在当时的处境里，他们根本来不及感慨，直到今天站在岸边，想起过去才能安安心心说一句：那时，确实是一个低谷。

低谷，这个词若出现在当下，说明你在停滞。若你坚持爬坡，这个词一定会出现在你回忆的时光里。你想要最好的，就必须先经历最痛的。

不畏惧好的人生

◎ 韩松落

我有一个朋友，就叫她V吧，每次想起她的故事，总觉得心里堵了一块儿。

V生长在一个貌似严谨实则严苛的家庭，父母生长于匮乏之中，生怕对儿女稍稍给个好脸色，就会让他们堕落。她的整个童年和少年时代都是在父母的贬斥、矮化、丑化中度过的，她的外貌、学习成绩、家务水平都获得了惨烈的批评。

这一切的后果，在她成年之后才慢慢显露出来。大学报志愿，她认为自己"不可能考上什么好学校，报太好的学校让人笑话"，只报了一所三本院校，尽管她的成绩足够她去更好的大学。在学校里，每逢老师对她表示重视，她就开始逃避、开始推辞，"腿短，不能上台跳舞"。怀着这种心态走上舞台，她果然摔了一跤。

磕磕绊绊地走上社会，这种自我贬斥开始蔓延到她生活的角角落落。每当要做出选择，她内在的自贬机制就启动了：你不配，你不能。

她的感情生活也没有让人意外，明明有个条件不错的男士对她表现出了某种程度的好感，她也对他有好感，却躲避他、冷淡他，最后和一个方方面面都次一等的男人纠缠不清。

畏惧好的生活，或许还有更隐蔽的心理动机。因为提前设定好了，自己和幸福绝缘，和机遇没有关系，和优秀的人分属于两个世界，当不幸发生时，当生活越来越暗淡时，一切都有了解释：这是命定的。不相信幸福，往往成为不用力生活的借口。

在"60后""70后"人群里，这种人遍地都是，因为他们生活在匮乏之中，不得不用这种对好生活的畏惧打压自己的向往。许多心碎，许多悲剧，就此发生。这是最大的猜疑，也是自戕式的祈祷：幸福一定与自己无关，而且往往能够如愿。所以，我格外敬重那些生在并不富裕的时代，却不畏惧好生活的人，他们相信自己能够得到好生活，也配得上这种生活。他们寻找真爱，找不到就等，他们也愿意在爱情到来时，重新配置自己的生活。

生命和爱情的质量，往往在于不苟活、不将就，尊重自己的欲望，不因为外界的眼光委屈自己，在生活中、在爱情中，都求好、向光，及时摆脱生活中死亡的部分。所以，一旦发现自己有这种倾向，一旦在爱情和机遇面前出现"你不配、你不能"的画外音，一定要进行屏蔽，并且以挑战极限的勇气迎上前，去迎接爱情，去尝试抓住机遇，至少也要试试看，自己到底配不配、能不能。

在黄昏，我可以原谅所有事

◎湃耳

一日下班路上，走过鳞次栉比的高楼，登上一座长桥，视野陡然开阔起来，远处的天空蒙着蓝紫色的纱，一缕缕金黄的流云扇骨般舒展，犹如鱼鳞闪耀，这糖一般的落日粘住了我的脚步，顿顿地望着。此时此刻，我可以原谅所有事。

黄昏是如此公平，黄昏平等地降临在每个人的生活中，犹如周期仅二十四小时的微型假日，犹如一天中的秋光，犹如电影中一段光影斑驳的长镜头。

傍晚那段时间，窄窄的，仅仅是老实地坐在喧嚷的白日与沉郁的黑夜中间，原本不必承担任何期待，也因此，它可以是任何质地。发生怎样的事，都是好事。

不然我不会，飞快地骑着自行车，在下坡路上松开双脚，像要把一切甩在身后那般飞驰。

不然我不会，在快要拐到家的那个路口，望着玫瑰色的天空，在心里羞怯而笃定地许愿——

下辈子，我想做一只飞鸟。

我掐算过上班与下班的通勤时长，下班路上的时间，总是多出十分钟。

那十分钟我在做什么呢？

在路上慢慢走着，观察夕阳给高楼慷慨镀上的金边；

在经过路边摊时，听老板用地方话热切地招呼来客；

在穿过街心花园时，看小孩子拿着玩具互相追逐嬉闹；

在走过谁家的窗下时，闻到炒菜的香气，听见瓷碗碰撞的声音……太阳沉了下去，生活浮了上来。

黄昏如同一条旧围巾，温柔地缠绕上我，久在樊笼里的疲惫，被这暖色调的烟火气轻轻驱散了。

茨维塔耶娃有一首诗——《我想和你一起生活》。

诗里写，我想和你一起生活，在某个小镇，共享无尽的黄昏和绵绵不绝的钟声。

这是黄昏对孤独的人，所能做到的十分体贴。

不必担心寂寥的样子不好看，这里除了落日，没有旁人。

"嗑CP"为啥比自己谈恋爱还快乐

◎祝 杰

CP是英文couple的缩写，特指存在恋爱关系的情侣。而"嗑CP"则是指粉丝非常喜爱影视剧或小说中的情侣，沉迷其中、难以自拔。

那么，"嗑CP"的潮流从何而起？这些年轻人又为何热衷于此？

社会心理学家罗兰·米勒指出，人类社会属性的核心部分，正是对亲密关系的需要。人类渴望获得亲密关系。而"嗑CP"低风险、低成本，人们不用亲自参与就能体验到恋爱的感觉，从而获得满足。在现实中，当人们坠入爱河时，大脑会分泌包括苯基乙胺、多巴胺、去甲肾上腺素在内的"爱情激素"。这些神经兴奋剂，使热恋中的两人感到精神抖擞、不知疲惫。而有趣的是，很多疯狂"嗑CP"的粉丝也表示，当他们脑补CP在一起的画面时，他们也会非常开心，就像自己在谈恋爱一样。在这种愉悦感的驱使下，他们能彻夜刷CP的微博动态，兴奋到根本停不下来。

那么，为何脑补别人恋爱，自己也能高兴到飞起？

究其原因，是人类拥有名为"想象力"的高级认知机能。借助认知、情绪与生理反应间的交互作用，当某种需要得不到实际满足时，人类可以利用想象的方式，来使需要得到间接满足。"望梅止渴"的故事就是一个典型的例子，将士们想象酸梅子，他们的嘴里就能分泌唾液，想象力激活了人类的生理反应，这一点也适用于"嗑CP"。

荧幕上或小说里的爱情多是"甜"的，而现实生活中的亲密关系却是五味俱全。因此，很多人，包括不少粉丝也认为，"嗑CP"这种行为是对真实亲密关系的一种逃避。

有些人在感情中碰壁后，就此对现实中的爱情万念俱灰，大骂"童话里都是骗人的"，从此蜷缩在幻想世界之中，将"嗑CP"作为仅有的、满足亲密需要的方式。

不过，对多数粉丝而言，他们能在"嗑CP"和维系真实亲密关系中找到平衡。有了这个小兴趣，反而让粉丝们追起剧来更加津津有味，在社交中也有了更丰富的谈资，或许由此能结交到志趣相投的朋友。更有一些出众的粉丝，能将对CP的爱慕之情化为动力，创作后续的文学作品、谱写相关的主题歌曲。对他们来说，"嗑CP"是让生活丰富多彩的"调味料"。

"嗑CP"本身无可厚非，能否发挥"嗑CP"的正面作用，要看当事人到底是把它当作一种情感逃避，还是将其视为一种成长动力。

喜欢吃鱼，就不要怕刺

◎巫小诗

好朋友在一家不错的公司上班，最近有些疲惫，她在犹豫要不要走。

我说："走啊！"

她说："可我挺喜欢这里的，平台大，能学到东西，上升空间也不错。"

我说："那就不走咯。"

她说："嗯，但又有些辛苦，赚的也不如小公司多。"

我嘻嘻一笑，突然想起小时候我问过母亲的问题："鱼真好吃，但是鱼刺太麻烦了，有没有那种鱼，光有肉没有刺的？"

当然没有。

工作也一样啊，想要平台好技能高晋升空间大，又想要事少钱多，这跟想吃到一条只长肉不长刺的鱼是一样的心态。

鱼刺卡喉，我受过不少折腾，可这样依旧没有阻碍我吃鱼的步伐。

喜欢吃鱼，就不要怕刺啊，毕竟跟一口口的美味相比，偶尔卡刺根本算不了什么。

如果公司很好，只是有些辛苦，那这样的缺点，充其量只能算是小小的鱼刺，喜欢这份工作的话，是能对鱼刺一笑置之的。

假如鱼刺般的辛苦让你觉得无法坚持，那大概是因为你并不喜欢这份工作吧，毕竟，热爱是可以驱散疲惫的。

室友暗恋一个男生很久，她小心翼翼、厚着脸皮地靠近对方，为他放弃了一些机会和梦想，这种痴狂，让她仿佛有种懵懂的中学生模样。可最近室友不太开心，她陆续发现了对方身上的缺点，她开始反思，到底该不该继续喜欢这个人。

我不知道，因为我不是她。我只知道，有些缺点是鱼刺，有些缺点是刀子，有人会因为鱼有刺而拒绝吃鱼，也有人会因为满腔热爱而不怕死。

喜欢一个人，就不要害怕他的缺点。

喜欢一份工作，就不要畏惧它的辛苦。

茫茫人海，滚滚红尘，能遇上一个喜欢的人，一件喜欢的事，真的太难得了，卡在喉咙里的鱼刺可以拿出，错过的风景也许再难弥补。

肆·四时风月

被讨厌的勇气

□奇点不奇

我最近读的书《被讨厌的勇气》,里面提到一种说法,一切烦恼都来自人际关系。

为什么烦恼?因为你总想得到别人的认可。

你的所有动作,都是为了得到别人的认可和赞美;你做的所有事,都会考虑别人会怎么看。你每天小心翼翼,讨好别人,害怕不被喜欢,听不得半点对自己的负面评价,你甚至因为别人的不认可而讨厌自己。

你每天向上爬,严格自律,殚精竭虑,昼夜夜思,这样的日子,委实不快乐,但你心中憋着一口气,我要证明自己。

别人的认可给了你动力,但同时给了你痛苦,当你不被认可时,你就痛苦。你的人生,被认可驱使。

我们骨子里是不愿被人摆布的,想要自由,但我们很难摆脱寻求认可的欲望。

当别人的期望,遇上你寻求认可的欲望,于是,你一生都在为别人而活。

有多少夫妻,以爱之名想要改变对方;有多少父母,以爱之名想要控制孩子。

每个人都是独立的个体,每个人都有属于自己的生命流动,当他人对你产生期望,而你没有达到的时候,是他们预测的失败,而不是你执行的失败。

感情不幸福是因为缺乏单身力

◎ 欧阳宇诺

> 我们依然要持续拥有单身生活的能力，将自己照顾妥当，让自己快乐。

在美国作家普拉姆·赛克斯的一部小说里，达芙妮要为女主角举办一场订婚派对，但是女主角的未婚夫情绪很糟糕，在派对前一直在工作、看电视新闻、收发邮件，冷落了女主角。

女主角向达芙妮哭诉，想取消订婚派对，达芙妮说："不能取消！我老公布莱德利已经让公司的飞机把切克餐厅的食物空运来了！关于不理睬你这一点，别担心！布莱德利几乎从来不和我说话，男人言简意赅、沉思不语的时候最性感了！"

虽然达芙妮不是小说里的主要人物，但她真是令我印象深刻，因为她拥有一份"婚姻状态中的强大单身力"。情感上不过分依赖布莱德利，就算他几乎从不和达芙妮说话，在达芙妮看来也没有什么。

她有主见地从自己在乎的细节着眼，去体会布莱德利表达爱意的方式：就算达芙妮患上了传染性极强的病导致卧床不起，布莱德利依然为她端茶送水。

无论男女，在恋爱或婚姻中，如果感觉不够幸福，大部分琐碎的原因都可以归纳为缺乏单身力。反复验证对方爱不爱你，这是情感上不够自信，过度依赖对方的外在表达；指望对方在经济上给你更多的付出，那多半是你自己的经济实力和你的购买欲望不成正比；对方劈腿或提出分手时，沉浸于痛苦之中无法自拔，那是因为你缺乏说再见的力量和开始一段新恋情的勇气……要知道，就算我们恋爱或结婚了，我们每个人依然是独立的个体，我们依然要持续拥有单身生活的能力，将自己照顾妥当，让自己快乐。

微胖界的才是完美主义者

◎ Clara 写意

在胖子和瘦子之间,有一个群体,叫作微胖界的。我自己是微胖界的一员,我估计正在看这篇文章的你也是微胖界的一员,因为这个群体实在太庞大了。

我是从什么时候开始踏入微胖界的呢?大概是从我退出胖子界的那天开始的。我以身高一米六八、体重一百一十斤的指标稳定地生存在这个星球上。不稳定的是这个星球的评判标准,他们一会儿管我叫"模子大",一会儿说我"身材中等",现在他们终于决定了,管我叫"微胖界的"。既然如此,我为什么不努力一把成为无可争议的瘦子呢?我想了又想,想为我们微胖界的找个说法。后来我终于想通了,我们不减肥,是因为我们是完美主义者。

假设一个胖子、一个瘦子和一个微胖界的一起坐在咖啡厅里,胖子肯定会要一杯全脂卡布奇诺外加一份奶油,搭配三个马卡龙和一块芝士蛋糕。瘦子肯定会面带礼貌而挑剔的微笑对服务员这样说道:"请给我一杯拿铁,不加糖,用脱脂奶,谢谢。再来一个火腿三明治,不要火腿,不要蛋黄酱,谢谢。"然后被笑容僵硬的服务员腹诽而"死"。

微胖界的呢,她也会要一杯无糖拿铁,但是用全脂奶,因为少了那一点点油,咖啡就不会像丝绸。她也要一个马卡龙,樱花口味的,那罗曼蒂克的粉红色,没人舍得大口吃它。微胖界的左手边坐着大快朵颐后正在后悔的胖子,右手边坐着嘴里淡出个鸟来还要强颜欢笑的瘦子,她抿一口咖啡就一口马卡龙,享受美味和卡路里握手言和的战果。

看出来了吗?我们之所以成为微胖界的,是因为我们想要鱼与熊掌兼得,美食与美丽,我们哪一样也不想放弃。与走任何一个极端相比,我们选择了一手抓有所控制的美食,一手抓有所妥协的美丽,两手都要抓,两手都适度地硬。这不是完美主义是什么?

说来说去,我们微胖界的,一脚踩在胖子的分界线上,一脚踏在瘦子的大门前,我们之所以停在这里,没有向左或者向右再迈近一步,是因为我们追求完美的平衡。是我们对自己、对生活、对大家的爱,让我们留在了微胖界。阿门!如果你的身边有一个微胖界的人,请一定珍惜。

> "我们之所以停在这里,没有向左或者向右再迈近一步,是因为我们追求完美的平衡。"

你等的人，等你的人，都是懂你的那一个

◎卢思浩

> 跌跌撞撞后才能明白，你等的人，等你的人，都是懂你的那一个。

从前有只很可爱的汪星人，因为单身太久，所以被大家笑话，被叫成单身狗。

这只单身狗受不了身边的同伴秀恩爱，拿着自己最爱的骨头就离家出走了，心想：我一定也能找到真爱。

于是他开始游历各国。

汪星人很快遇到了一只兔子。

他把带来的骨头都给了兔子。兔子尝了尝骨头，说："这些骨头一点都不好吃，那我也给你一些胡萝卜吧。"

汪星人尝了口胡萝卜，心想：这胡萝卜是什么，啊啊啊啊……还是我的骨头好吃。

想想都送给人家了，汪星人脸皮薄不好意思拿回来，就带着胡萝卜继续上路。

汪星人遇到了另外一只灰色的兔子。

兔子看到他带着一车胡萝卜，黏上了汪星人。

汪星人看兔子陪他走了一路，就把胡萝卜都送给了兔子。

兔子心想：这个人对我真好。

其实汪星人只是给了她自己不需要的东西而已。

最后，这个汪星人准备回家，遇到了另外一个汪星人。这个汪星人有一车骨头，他觉得这一车骨头很眼熟，就问她："你这一车骨头是哪儿来的？"

她说："我看到有只小兔子守着一堆骨头正发愁，我就把骨头买下来了。"

汪星人问："这么好吃的骨头，为什么她会发愁？"

她说："你珍视的东西不代表别人也喜欢，别人珍视的东西你或许也不屑一顾。而你喜欢的东西也是我喜欢的，我想分享给你的也是你想要的。"

没什么公平不公平。

你也曾飞蛾扑火，也曾披荆斩棘，也曾被不屑一顾，也曾不屑一顾过别人。你也爱过，也被爱过；你安慰过别人，别人也被你安慰过，这世界并没有特别亏待你。

跌跌撞撞后才能明白，你等的人，等你的人，都是懂你的那一个。

念念不忘，多半会买

◎ 调调

我在施华洛世奇看中好几套首饰，死贵，如果全部买下足以让我荷包大失血，甚至还要动用私人金库。

所以我一直忍着没有下手。

疼痛可以忍受，悲伤可以化解，屈辱可以洗刷，唯独欲望，没有办法逃避和忍让，唯有满足它，才能消除。

我在最后一次看过那些华丽的珠宝之后，拼命地工作了三个月，然后算了算这三个月的薪水加上奖金终于足以购买那些首饰之后，就翘首盼望着那一天的到来。

我想买这些可爱的小宝贝的时间实在太久，所以我像是过节一样，给自己设立了一个日子，到那个日子，我就去买下它们。

还记得我那天欣喜若狂地走进专柜，心满意足地对专柜小姐说："这个，这个，这个，还有这个，都给我装起来。"

当时我简直是兴奋得颤抖的。

尽管我知道，在买下这些首饰的两年或者三年后，我便可能不再佩戴它们，但是，我想如果我不得到它们，那么两三年之后，我会更加念念不忘。

为了断绝这份念念不忘，我愿意付出三个月加班加点的努力。

将它们握在掌心，就像将那份可怕的欲念握在掌心。

任何一个努力满足自己欲望的女子，最后都会长成灵魂强大的人。

因为她们都曾努力地消灭过一个接着一个的欲念魔鬼。

当然，这是说你靠自己的努力，而不是通过别人来满足。

前者坚强，后者贪婪。

当我佩戴上自己购买的施华洛世奇的水晶的时候，我突然想起一句话——

那些通过努力得到自己想要的东西的女孩子，谁能说，这不是一种坚强、自信和美丽呢？

> "那些通过努力得到自己想要的东西的女孩子，谁能说，这不是一种坚强、自信和美丽呢？"

后面总要留一手

◎ 刘墉

> 人生百忌，忌一次把招式出尽！

不知道你有没有发现，武侠小说或电影里，主角得到秘籍，终于可以跟仇家一决生死。两边杀得你死我活，总要到最后关头，主角屈居弱势，才使出最后一招，只见电光石火、形势逆转，仇家已经倒下。

写小说或搞电影的人多鬼啊！那真正精彩的只有一瞬，一分钟就能演完，他硬要拖十分钟。还有特技表演，由非常简单的动作开始，渐渐才难度加大。反过来想，他明明有一百分的实力，为什么开始只表现十分？

答案很简单！他要渐入佳境，把你的情绪一步步带上去，如果一下子全抖出来，只怕你还没看清楚，表演已经结束，怎可能有好效果呢？

人都有争奇好胜的心理，喜欢愈攀愈高、渐入佳境的感觉。也因此，两个店员卖同样的东西，一个总是先抓一大把，再看着秤往外拿；另一个先少抓一点，再看着秤往里加。顾客会喜欢后者。

连学校挑学生都离不开这种心理。我看过一则新闻报道，说一位学生如何进入美国名校，又如何升迁创业，成为世界闻名的危机处理专家。当初一堆同侪申请麻省理工学院研究所，只有他入选。你猜为什么？据说因为他是以吊车尾的成绩考进大学，却以第一名毕业，让麻省理工学院刮目相看。

同样的实力，用不一样的方法，可能产生截然不同的效果。除非你只有出手一次的机会，不必一开始就用撒手锏。

如果你演讲，准备了一堆资料，每个都很珍贵，不讲可惜，你千万别想全讲了。因为三个讲得不清不楚的内容，远不如一个能尽情发挥的。

如果你教学生，一定要拟教案，按部就班地教，别因为精彩的东西在后面，就早早把它移到前面教。因为当你教早了，可能如同耍特技，绝招用尽，学生就不带劲了。而且教得太早，学生的基础不够扎实，效果也差。

如果你要发布新点子或新产品，每个点子都很棒，足以赢过对手，明明有三个同样精彩的点子，你何不留两个以后用呢？而且搞不好他要诈，也有狠招存着，看你招式用尽，再出手。你能不留两手吗？

人生百忌，忌一次把招式出尽！

后熟

◎ 明前茶

在农庄，我第一次看到糯玉米和葡萄的收获场景。与我想象的相反，玉米不是在足够鼓饱时才开始采摘，而是在包穗上的胡须微微变黄时，就被农人整穗地拗下来。

玉米还要储存、运输，玉米芯中包孕的营养，足够对玉米籽粒进一步催熟；如果等到玉米十分熟才采摘，玉米芯中释放的后熟能量，会令玉米里面青春的汁水都消耗掉，就变成粗实、铁硬的老玉米了。

同样，葡萄决不能留在藤蔓上变紫。必须在一串葡萄的顶腋部刚变成浓紫色，底部才由绿转红的时候，就摘下来。这样，难以置信的后熟味道才会悄然抵达：既生动活泼，又甜润圆熟，有一股淡淡的玫瑰芬芳。

与此同理，好的艺术作品，一定要离开灵感发生地之后，经历一段后熟期，才会酝酿出传世杰作。

莫奈在他26岁的时候，就尝试画出无边无际又隐秘恍惚的蓝睡莲。但我们如今看到的他的睡莲杰作，都是他在1880年之后，在吉维尼的乡间花园，过起隐居生活的成果。

在这漫长的岁月里，他挨过第一次丧妻之痛，又送别了至爱的第二任妻子与长子。痛失至亲，好友星散，自己的艺术思想又被评论圈质疑，这般苦楚唯有吉维尼小池塘的睡莲能懂。莫奈在晴天也去看睡莲，雨天也去看睡莲，眼见着树、桥与睡莲叶子的倒影，衬托出花朵近乎哀愁的层次，此时，光线、水与空气似乎都满布了隐秘的情感，睡莲铺展到天边，仿佛成就了勾连现实与梦幻的桥梁。美到恍惚的《睡莲》组画诞生了，这是莫奈一生中最辉煌灿烂的"水上交响乐"，令人难以置信的是，《睡莲》的后熟期竟有40多年。

在英国乡间的乔顿，简·奥斯汀的故居里，一张全世界最小的书桌也见证了后熟期的重要性。就在这里，简·奥斯汀将她十多年前被出版商拒绝的作品，用一管鹅毛笔，一一改写成我们今日所见的杰作：《理智与情感》，原来是略带甜俗的《埃莉诺与玛丽安》，1811年出版，后熟期14年；《傲慢与偏见》，原来是平淡无奇的《最初的印象》，1813年出版，后熟期16年。简终于实现了她年轻时的梦想：未曾经历过的生活，也能依靠卓绝的想象力把细节描绘得栩栩如生，甚至胜过现实。

> "难以置信的后熟味道才会悄然抵达：既生动活泼，又甜润圆熟，有一股淡淡的玫瑰芬芳。"

所谓成熟，就是不再向他人索取安全感

◎ 小娄

> 把安全感寄托在他人身上与自己建立安全感，是一个人弱小与强大、自卑与自信、幼稚与成熟的分水岭。

上高中时，我被班上同学取了个外号叫"亚军"。名号的由来是这样的：那几年，我的考试成绩一直奇迹般地稳定在全班第二——倒数第二。你已经猜到了，还有一个叫"冠军"的家伙，常年占据班级倒数第一的宝座，雷打不动。

我们俩就这样相依为命了几乎整个高中生涯，因为有了"冠军"的存在，我才能在那几年理直气壮地不思进取。

后来，"悲剧"还是发生了。"冠军"的父母看他丝毫没有交出倒数第一宝座的希望，一咬牙把他送到了市里一所私立学校，死马当活马医了。于是，我变成了"冠军"。当上"冠军"的第一天，我就崩溃了。无助、焦虑、恐惧、不安，一时间像决堤的洪水把我淹没，从此我像发了疯一样学习，高考成绩进了全班前十，去了一所还不错的大学。

我开始明白，从别人身上得到的安全感，至多只是虚幻的自我欺骗。真正的安全感，终究是自己给的。

然而，有些不思进取的人、无所事事的人，都如那温水里的青蛙，对自己的处境浑然不觉。他们只知道，世界上还有更惨的人在，还有更多的"清蒸青蛙""油炸青蛙"在，自己尚且安全。"只要有人过得比我惨，我惨一点又何妨"的想法，容易让人坠入万劫不复的深渊。

2014年春天，在一次高中同学会上，我又见到了"冠军"。令我感到震惊的是，"冠军"成了名副其实的冠军——连续三届市级马拉松长跑冠军。当年他转去私立学校之后，在体育方面的天赋却被当地一所大学的教练发现。

"冠军"说："当我在跑步的时候，风在我耳边呼啸。我突然间明白，我之所以跑在最前面，并不是因为别人比我跑得更慢，而是我比别人跑得更快，这才是我的安全感所在。别人都给不了我安全感，唯一可以给我安全感的，只有我自己的强大与无懈可击。"

把安全感寄托在他人身上与自己建立安全感，是一个人弱小与强大、自卑与自信、幼稚与成熟的分水岭。从他人身上索取安全感，只是懦夫和自欺欺人者麻痹自己的借口。因为从始至终，这样的安全感并没有让你变成更好的人。

而真正的成熟，无非就是不依赖，不索取，自己赐予自己安全感。

你想要的，别人凭什么给你

◎董改正

最近一直在看蒋勋的《蒋勋说红楼梦》，其中说到，贾府有个很卑微的年轻人，叫作贾芸。他幼年丧父，被舅舅霸占了家产，跟着年迈的母亲一起生活，贾芸想去巴结王熙凤，求凤姐给自己一份工作糊口。

王熙凤见到他的时候，是连脚步都没停，眼皮都没抬一下的，只是闲闲地跟他应付了几句。贾芸需要说一句话，让王熙凤停下来。

于是贾芸说："妈妈说婶婶身子生得单弱，事情又多，亏婶子好大的精神，能够料理得周周全全。要是差一点的，早累得不知怎么样呢。"

蒋勋说"贾芸太了解王熙凤了，她是个好强的人，这是她的软肋，她忽然觉得这话有点意思，大庭广众地让她很有面子"，也只有把话说到了心坎里，王熙凤才会停住脚步，听贾芸把话说完，这才有机会。然后贾芸才编了一堆话，把自己给王熙凤准备的礼物送了出去，贾芸还很知道分寸没有直接求工作，只说自己是关心王熙凤的身体，他需要找到更合适的机会再张口说工作的事。

到了第二天，贾芸又到门口去等凤姐，因为他之前去拜托过贾琏，却并没有成功，凤姐这会儿就嗔怪他，原来你昨天送我冰片、麝香，是为了找工作。

贾芸马上就说："求叔叔这事，婶婶休提，我这里正后悔呢！"他的奉承，对于王熙凤来说，正好受用，因为她觉得有面子，她喜欢听到别人说，自己比丈夫能干。

蒋勋在书里说，贾芸是一个情商很高的人，也只有情商高的人，才能关注到对方的需求是什么，知道该怎么说话，怎么提出自己的需求而不会被断然拒绝，让对方心甘情愿地满足自己的要求。

而那些情商不高的人呢？永远只在意自己要什么，然后直接去跟人要，要不着，就是对方不厚道。但是，对于大部分人来说，如何用正确的方式去掌握向人求助的技能，得到自己想要的，又不招人烦，却是需要花费漫长时间去学习的事情。

最简单的做法是，在跟人开口求助的时候，在心里默默问一问自己，你想找人要什么？别人凭什么给你呢？

> "你想找人要什么？别人凭什么给你呢？"

想不开的时候，就跑步

◎ 冯唐

> 做心底认为该做的事情，是最正确的态度。

我第一次知道马拉松是什么的时候，我就认定，马拉松是地球上有史以来最无聊的运动。所以我在高中的时候就断定，马拉松和我没有任何关系。

我四十岁之后的某一天，忽然遇上一个很帅的瘦子，叫阿信，我们曾经是同事。我使劲想，你原来不是个龌龊的胖子吗？他说，我跑了很多场马拉松。后来莫名其妙反复见到阿信，我觉得他入了跑步教。总结他说的东西，如下：

第一，慢速长跑能让人快乐。

第二，慢速长跑能让你独处，天高地迥，你就想放下心里的一切，一步一步活着到终点。

第三，慢速长跑是人类最大的优势之一。

阿信用了少于十分钟的时间给我安排了一个训练计划。我穿了跑步衣裤，戴了跑步手表，勒上了心率带。第一个五公里在北京龙潭湖跑完，第一个全马是在法国波尔多跑完的，喝完，跑完，领完奖牌和一瓶胜利酒，我坐在马路牙子上，慨叹生不如死。

我忽然明白了，人生其实到处都是马拉松，特别是在最难、最美、最重要的一些事情上。

比如，职业生涯。我的第一份工作是麦肯锡管理顾问，我工作了两年之后，第一次到了升项目经理的时候，我没升上去。我的导师安慰我说，职业生涯是场马拉松。我知道他和所有失败的人都这么说，但是我跑完了全马之后回想起他的话，我认为他说的是对的。很多时候，短暂的起伏并非人力所能控制，诚心诚意，不紧不慢，做心底认为该做的事情，是最正确的态度。

比如，和亲朋好友的关系。从我出生到今天，我老妈没有丝毫改变，遛个弯儿都要穿成一只大鹦鹉般斑斓。我跑完全马才意识到，她愿意炫耀就去炫耀，我不能配合，但至少不要纠正，我陪她跑到生命尽头就是了。然后我挥挥手，让她在另外一个世界开好一瓶红酒等我，等我静静地看她在另外一个世界像一只大鹦鹉一样斑斓。

人生苦短，想不开的时候，跑步，还想不开，再多跑些，十公里不够，半马，半马不够，全马。

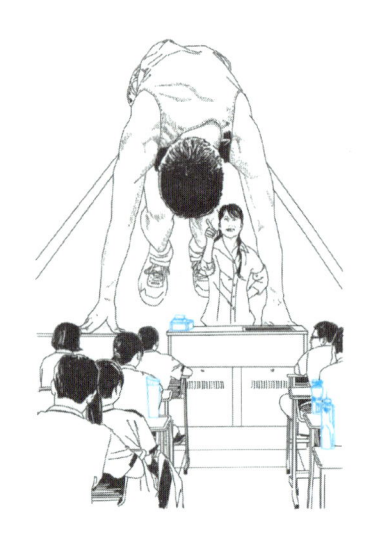

与其不喜欢自己，不如不喜欢你

◎ 林特特

我见过一对情侣。

两个人非常般配，十年感情，即将迈入婚姻。我参加过他俩主办的沙龙，大腕云集，女孩是主持人，男孩是主讲人。沙龙快结束时，女孩致辞，提到男孩，爱意满满："如果没有他，这件事就做不成。"

可男孩呢？我们开过一次会，他俩都在，女孩一发言，就被男孩拦下，"她说不清楚""我来说""你听我说""是这样的"……

女孩终于什么也不说。

男孩的QQ签名是"我爱老婆"，各种场合也没见他对女孩有过二心。有一天，他忽然找到我，原来，试婚纱时，女孩竟向他提分手。

他描述了当时的场景——打扮停当的女孩问："好看吗？"他看了一眼，用一贯的口吻评价："还成，反正'颜值'本来就不是你的强项。"

一石激起千层浪。或者说，冰冻三尺，非一日之寒。

女孩当场脸色大变，讲出装修时，他对自己品位的怀疑；挑戒指时，他对自己要求的鄙夷；身边走过一个胸大腿长的美女，他都会开玩笑"你看你就像一个矮冬瓜"……她将心里的苦涩和盘托出。

"想到未来几十年，都要忍受你的语言暴力，想到你用一句'只是笑话，别介意'就可以解释，用'一点儿小事也要生气'指责我，我就没信心继续了。"这是女孩发给他的最后一条短信。男孩给我看罢，还让我看他的通讯记录，88个未接的电话，都是打给女孩的。果然——"一点儿小事也要生气。"他说。我忽然想起从前的上司，并说给男孩听。他们无一例外都很优秀，某种程度上，人畜无害，甚至有益。但——

"一个人不喜欢你，可能只是因为你传递给他的信息让他自卑。这自卑有时来自你自身，有时是你不经意的一次拒绝，有时只是一个眼神，有时是你的习惯——对比、贬低……天长日久，负面情绪累积，他与其不喜欢自己，不如不喜欢你。"

我，容易自卑的你或他，都保留这种权利。

> 一个人不喜欢你，可能只是因为你传递给他的信息让他自卑。

要珍惜那个不许你说"谢谢"的人

◎金伯苏

> 谢谢你给我礼数不周的权利，我愿爱你信你，永如初相识。

身为《乡村爱情故事》八级学者，有个细节令我记忆深刻——在第一季的最后，王小蒙对谢永强说了句："谢谢。"

素来憨直迟钝的永强这次反应出奇地灵敏，他很惊讶地回应："你怎么了？怎么还说谢谢？"

这句反问，让我意识到：尽管说"谢谢"是人和人交往中最起码的礼貌，代表着领情、感恩乃至惜福，但是，生命里有些人，是不想听到你对他说"谢谢"的。

某天，我姐姐跑了很远的路来看我，还带了很多东西。走的时候，送她到门口，我倚门看着她，脑子好像打了结，突然脱口而出："谢谢啊。"

气氛一下子凝固了。几秒后，她像看见鬼一样看着我："×××，你竟然跟我说谢谢？"我尴尬得要死，立刻忘记了伪装的淑女气质，后悔不迭地跳着脚说："啊，刚才我是脑残了，我收回！"

气氛有点尴尬，其实，内心是说不出的愉快、幸福与踏实——原来我的生命里，有不许我说"谢谢"的人啊。

有些人和人之间，是可以不说"谢谢"的关系。

试着很文艺地解释这事儿：那些不许你说"谢谢"的人，可能是在上辈子，与你有不知道是怎样的凤世之缘，才让他这辈子对你保有一份耐心与情分。他们在这无情的世界里，含蓄地和你订了一份有情的契约：你可以对我不说"谢谢"，这是我给你这样的权利。

这是一场你与对方之间的情感要约。对所有帮助过自己成全过自己的人，我们当然都有很多感激。然而对那些"粗暴"地不许我们感谢的人，尤其要深藏许多的谢意，这无情世界的有情人生，我不知道有多珍惜。

所以，在这个甜美的春天的夜晚，要向那些曾经或正在温暖你的人们，温柔道谢——

谢谢你们出现在我生命中，对我十足的好，且不许我说谢谢。谢谢你给我礼数不周的权利，我愿爱你信你，永如初相识。

对别人好一定要让他知道

◎ 清梨浅茶

前一阵儿有个朋友跟我说，她觉得自己的朋友很差劲，自己对她那么好，她却一点都不知道感激，相反，把自己当成无关紧要的人。于是我问她，你是怎么对人家好的。朋友说了很多，都是一些生活中的小事，琐碎却温暖。凭良心讲，一个人做到这份上，可谓毫无保留了。然后，我问了她一个问题，你做的这些事她都知道吗。

不知道。

我想现实生活中，有过这种所谓的委屈感的人应该不在少数。最后与好朋友分了家，离了心，严重的还可能形同陌路。你是为你的朋友做了很多，可是你却没有告诉他。既然选择不告诉他，选择默默付出，那你为什么还心生委屈，觉得是别人对不起你？

归根结底还是因为你是个人，你的付出需要回报，还至少是同等的回报。尽管你有付出不要求回报的精神，但是你只能是用这句话来约束自己，而无法真正做到这一点。于是，你在别人毫不知情的情况下，觉得是别人亏欠了你。所以，对一个人好一定要告诉他，人都有着劣根性，但也有着善良的本质，只要他知道你对他好，他也一定会对你好。

大家都希望别人能懂自己，能知道自己在想什么，知道自己的忧愁，明白自己的心酸。我们妄图在人群中找到一个知心人，不需言语，便能知道自己的一举一动意味着什么。

也许是我们太渴望陪伴，所以太需要朋友，总是毫无保留地付出，希望得到对方的奋不顾身。太多人向往着我不说，你也懂的感情，太多人希望自己的默默付出能像书中那样，最后感天动地，但最后往往只是感动了自己。

没人有那么厉害的察言观色的本领，只需要一个眼神就能明白你所有的意思。这种默契需要流年的洗练，岁月的温热，往往需要几十年才能养成。可是，往往在你还没有培养出这种感觉之前，你就已经在沉默中感到了委屈，在无言中生出了抱怨。

所以说，喜欢一个人一定要告诉他，对一个人好一定要让他知道。你不说，别人永远都不会明白。

对别人好一定要让他知道，永远不要在别人之前，自己辜负了自己的感情。

> "对别人好一定要让他知道，永远不要在别人之前，自己辜负了自己的感情。"

我就是很努力，有什么好笑的

◎ 李开春

> 要诚实面对你获得成功的过程，同时也不要对自己的努力孤芳自赏。

现在流行一种心灵鸡汤：你必须足够努力，才能让自己看起来毫不费力。细思极恐，为什么要让自己看起来毫不费力呢？什么时候开始，我们这么害怕表现出努力？

我从小听过最多的一句话是：你（我）怎么（要是学习）这么爱学习呀（肯定比你强）！我都会回答：对啊，我就是爱学习呀。

我前桌是个好胜心极强的人，每天变着法讲各种电视剧的进度。不仅如此，课间休息和午休总抱着一本言情小说"啃"，还逢人就介绍。

但事实上，她妈，也就是我妈的同事，向我们描述，她每天看书看到凌晨三点。

在我二十多年的好学生生涯中，遇到过太多这样的人。一方面，学霸们为了证明自己是天才，装作"不读书也能取得好成绩"，来打击和迷惑对手。另一方面，他们可能也怕，如果努力却没有成功，会遭到别人的嘲笑："你看他那么努力，不也就那样？"

我懂这种心情，人总希望给自己留一点余地，失败的时候起码还可以说，自己只是"没有用功"，而不是"我不行"。

人们的潜意识里，"毫不费力"似乎比"拼尽全力"更高级。人们羡慕天生就拥有各种成功的人，所以拼命假装自己就是那样的人。

比起隐藏自己努力的人，那些自己偷偷努力，还对其他努力的人冷嘲热讽的家伙，更过分。

这样做真的好吗？

自信的人，不会阻止别人努力，只会让自己加倍努力。不可否认人需要幸运，但更需要的是努力。我觉得躲躲藏藏不让别人知道自己有多努力，很不大方，这会让努力了却没有得到回馈的人感到不公平。

要诚实面对你获得成功的过程，但也不要对自己的努力孤芳自赏。

这样才对。

总有一天，你得学会悲伤

◎周宏翔

有一天我在朋友家，朋友正在玩一款叫作《风之旅人》的游戏。我坐在旁边看着他在沙漠中跋涉，来来回回走了好久，没有NPC，没有任务，没有任何怪兽或者需要处理的事情，只是单纯地行走，茫茫沙漠中，一个同伴也没有。我问他，这个游戏的意义何在？

他说，没什么意义，就是一直走，你总会觉得能够遇到一个人，但是遇不到，就继续走下去，这种心理很奇怪，人说到底还是害怕孤独，当你真正在荒无人烟的环境中，你能想到的是什么？一定是，能不能再找到一个人。

《南极绝恋》里的故事也是如此，富豪吴富春因为生意要前往南极，结果遇到了空难，虽然和其中一名叫如意的女研究员活了下来，但他们迎来的，正是这样方圆百里空无一人的茫茫白雪。

故事中最动情的时刻，莫过于吴富春每次出门去寻找救援，那一句"我走了"，与如意的那句"早点回来"。想想在白茫茫一片的南极极地，只有两个人，那种惺惺相惜就变得格外动人，虽然如意看不惯吴富春的"俗气"，吴富春也不喜欢如意的"假高贵"，但在生存尚且没有希望的情况下，他们就这样成了彼此生存下去的唯一欲望。

每一次出行，吴富春都会和自己对话，和自己争辩，把自己想说又不敢说的心里话说出来，他要让自己看清事实，却又把这些全部消化，不留一丝一毫表现在如意面前，那种越是逞强，越是透露出的悲伤，才是一个男人成熟的标志。

印象最深的是，吴富春原本为了补充营养而想要捕食的小企鹅，最后却成了他和如意的"儿子"。当他们已经没有食物可吃的时候，只能将小企鹅送回大海，小企鹅始终欢快地看着吴富春时，他才终于说出了心里话——"傻瓜，总有一天，你得学会悲伤"。这句话既像是对企鹅说的，也像是对自己所说。

总有一天，你要学会悲伤。

这是每一个人成长中默默感受的一句话，比起盲目的乐观，逆境而上的悲伤也许是我们最应该走出的第一步。

> "比起盲目的乐观，逆境而上的悲伤也许是我们最应该走出的第一步。"

何种选择才治愈

◎华明玥

> 无人关注与轻松自在，是一体的；孤独打拼与笃定自信，也是一体的。

一名秉性骄傲的大龄未婚女性，受到失恋与失业的双重打击后，有两份收入几乎一样的工作摆在她面前。一份，是回到故乡小镇父母的身边，成为办公室的文员。另一份，是留在大都市的独立咖啡馆，换上深绿色的围裙，当咖啡师的学徒兼服务员，究竟哪一份工作能治愈她心中的创伤呢？

大部分人在这个节骨眼上，会情不自禁地渴望回到故乡。周围熟稔的环境，让外部世界的变化与冲撞仿佛隔了一层。这里的早点铺依旧用菜籽油炸油条；理发店的老师傅依旧在他的磨刀石上，悠然摆荡着他的剃刀；做姜糖的老妈妈，依旧努着嘴像拉面一样，拉抻着黏稠的姜糖条。

回到熟人社会的好处仿佛很多：从此有人关心你的午睡躺椅准备没有，责备你怎么可以用一杯黑咖啡代替早餐，议论你与才见了一面的相亲对象究竟啥时候领证结婚，他们真心为你着急，因为你的小镇发小的孩子都可以打酱油了。

而热衷减脂健身的你，处处都像落魄的明星一样深受瞩目：孤独地晨跑，受人围观与目送；快速地采买，一定有人打量你的菜篮，议论"鸡脯肉怎么能算是荤菜"，硬要分你半块五花肉；河边的瑜伽练习刚结束，就接到专治跌打损伤的老中医的电话，怀疑你刚才的动作扭伤了胯骨。你明白了关心的背面是热切打扰，操心的背面是蛮霸干预，熟人社会意味着你的生活选择都有七大姑八大姨强行植入自己的意愿，而且，谁都不许你反驳，因为，他们都是为你好。

你忽然会发现，去大城市认真漂过的人，在根本意义上都无法回到故乡，并与那里盘根错节的人情世故再次水乳交融。是的，大城市没有什么好，这里到处是规则，谋职要笔试、面试、心理测试，绝不会只相信熟人推荐；这里人情淡薄，邻居不会关心你晚餐叫了啥外卖。但这里容忍年轻人靠打游戏、设计手伴过活，容忍事业不顺的大老板转行开网约车，容忍年入百万的金领如今只是在咖啡店里喂猫、烘焙、操纵磨豆机。曾经试图回到故乡小镇，回到熟人社会的人最终会明白：无人关注与轻松自在，是一体的；孤独打拼与笃定自信，也是一体的。如果你生性敏感，希望在无人打扰的状况下治愈自我，重整旗鼓，你需要更广阔的庇护所，那么，如海洋般的大城市，会更合适。

孤独的人，为什么要吃饱饭

◎ 行之

吃，能够解决人的很多问题。一个人在异乡的时候，食物不合口味，吃不饱，特别容易想家。妈妈做的家常菜，家门口摆的小脏摊，都能成为你想家的理由。

我有一大学同学，每次在外吃饭，他都说，吃，吃饱，吃饱了不想家。说真的，治想家这种病，就是要吃家乡菜吃到撑。

网上流传着一句经久不衰的名言：孤独的人要吃饱饭。人体的血量是相对固定的，当人在吃饱的情况下，胃部为了对食物进行消化吸收，给人体发送请求加大血流量。其他器官的血量开始急速往胃肠部赶。大脑的血量一部分去支援胃肠了，于是造成短暂的供血不足。这时候大脑会变得反应迟钝，恍恍惚惚。

但如果在大脑供血不足的情况下，你只是一个人傻傻地待着呢？你反而会发现，啊！吃饱了，怎么忧愁和孤独都散去了呢？其实不是散去了，而只是你在这时候，大脑缺血，相当于一团糨糊，你想忧愁也忧愁不起来。

吃饱的人，心理防御能力会极大降低。因为脑供血不足，思考判断能力、防范意识会直线下降。所以成年人谈事，要吃饭后谈，容易谈拢。朋友在一起，吃饱了饭更容易交心。

天津早些年武馆多，动不动有人去踢馆。老江湖碰到踢馆的人，凡看有点头脸的，就什么都不说，先请到高档的馆子吃一顿。一来给人面子；二来，吃饱的人，很少会有极端的情绪，来的时候凶神恶煞，吃饱了，气焰就散了，事就过去了。

> "
> 吃饱的人，心理防御能力会极大降低。
> "

生活又不是用来比赛的

◎ 刘阅微

> 竞争之心放错了地方，徒增疲惫和压力。

我骑在马背上，马却怎么也不肯跑起来，它最多只是悠闲地迈着轻快的步伐，而且我能感觉到，它认为对我这样一个笨蛋来说，这么做已经是十分给面子了。

我无奈，除了认输，我也不知道接下来的课要怎么继续。教练似乎比我还绝望。

教练在之前的某次课上对我说，以我的学习进度和马感，好好练习，以后是可以参加专业比赛的。我很诧异，因为我学马术不过为了好玩，以及穿上一身马术装备看上去特别帅的样子让我着迷。但是教练的话令我开始想入非非，甚至脑子里闪过自己站在领奖台上意气风发又假装谦逊的样子，为什么不呢？如果有机会赢的话，可以试试啊。

我一下就有了输赢心。在俱乐部，如果没有特别要求或者拥有自己的马，教学马是随机安排的，它们和所有动物一样，有自己的个性和怪癖，碰上一匹合作的马，配合完成所有的指令，上课的成就感是很强的；遇上爱使性子的马，怎么都不听指挥，挫败感也是真强。之前对我来说，上课就是来玩的，学得好当然开心，学不好照样乐和。但是在我感到自己有可能成为赛场上被人瞩目的骑手后，我开始不再单纯地享受这件事了，我会为没有进步而感到沮丧，甚至看到别人骑着马轻松跃过障碍会有一种不甘落后的不服气，而以前只是单纯地羡慕，想象着自己以后也会跳一下子。

这大概是从不求上进的简单快乐到被进取心点燃后积极向上的进化吧。

简单的快乐多宝贵啊！本来是与生俱来的天性，丢了再追回来，还得狠下一番功夫。竞争之心放错了地方，徒增疲惫和压力。

我在马背上想明白了这件事。我学马术，就是为了好玩，他们说马是骑手的老师，教给他们自信、意志力和责任感，这些我目前还没有感受到。我只看到它教我去享受简单的快乐，这里面既没有征服，也没有竞技，就是跃上马那一瞬间的多巴胺分泌，它慢走时我悠然，奔跑时我激动，据说跳跃障碍腾空瞬间的感受无比美好，我正在学习中等待。带来快乐的事情应该会越做越好吧，至于比赛还是不比赛，可能只是结果而不是目标，全凭心情吧。

再美的远方都不抵你手中滚烫的日子

◎苏琴

有句话叫："生活不只是眼前的苟且，还有诗和远方。"这句话成了很多人的口头禅，在朋友圈中流传甚广。很多人抱怨自己从事并不喜欢的工作，我们总是在向往远方的美好，期待着有一天能去到那里，静静地待着什么都不用想。而真正有趣的人，大都能够在看似苟且的现实生活中，找到诗意的美好。

最近一部关于宫崎骏的纪录片在网络上流传开来。

2015年摄制组去拜访宣布退休一年多的宫崎骏。满头白发的老人家一边泡着咖啡一边自言自语："葬礼多到让人讨厌。"随后端着咖啡坐下怔怔地望着窗外："我发现自己跟不上这个时代了。"

坚持了一辈子只用手绘、四秒的镜头要画上一年的宫崎骏，最终接受了最前沿的CG技术，再度出山，开始了新片的创作。

宫崎骏兴奋不已地连轴转："在制作中死亡比什么都不做就死了要好，做点什么总比等死强。"

老人家还在享受当下工作的乐趣，而有些人在向往如诗般虚幻的远方，却看不到眼前的美好。

我们有什么资格抱怨自己的工作重复没有技术含量？

它并没有阻止我们去学习提高自身能力，反倒给了我们很多。

没有工作渗透到我们生命的年轮，我们也不可能变得越来越笃定，越来越相信自己。

远方再美好，它也只是路边的风景，而工作才是滋养我们真实生活的那片土地。

工作的意义也绝不只是赚钱，虽然赚钱是大部分人工作的初衷。工作能赋予我们生命新的意义，创造我们生命的专属价值。工作能让我们找到自己存在的理由，哪怕被连连暴击之后，也还能收获全新的自己！

> 工作能让我们找到自己存在的理由，哪怕被连连暴击之后，也还能收获全新的自己！

别轻易向人诉苦

◎张宝峰

> 不是每个人都愿意听你诉苦，也不是每个人都值得你去诉苦。

在《红楼梦》中，最喜欢向别人诉苦的是赵姨娘。

第二十五回，马道婆来到赵姨娘房内，见炕上堆着些零碎绸缎，就说："我正没了鞋面子了。赵奶奶你有零碎缎子，不拘什么颜色的，弄一双鞋面给我。"赵姨娘叹了口气，就开始诉起苦来："你瞧瞧那里头，还有哪一块是成样的？成了样的东西，也不能到我手里来！有的没的都在这里，你不嫌，就挑两块子去。"

马道婆说起贾环，赵姨娘"鼻子里笑了一声"，说："罢，罢，再别说起。如今就是个样儿，我们娘儿们跟得上这屋里哪一个！也不是有了宝玉，竟是得了活龙……"

诉苦，往往是为了得到安慰，平复心里的委屈。然而，赵姨娘诉苦，不仅没有得到心灵的慰藉，反而更加恼怒与仇恨，甚至被马道婆利用，写了一张五百两银子的欠条印上手模，求马道婆作法害宝玉和凤姐。结果害人不成，自己反倒被贾母恶骂一顿。更可怜的是，她并没有从这件事中吸取教训，依然我行我素，见谁就向谁诉苦。

赵姨娘的悲哀，在于她选错了人，诉错了苦，结果总是被利用，被伤害。

不是每个人都愿意听你诉苦，也不是每个人都值得你去诉苦。爱你的人，能理解你的苦，抚慰你的伤；不爱你的人，你的苦，会被嘲讽，被利用，你的苦水与泪水，甚至会成为他们的心灵鸡汤。

所以，别轻易向别人诉苦，别老在别人面前袒露你的伤心、难过、愤怒与脆弱，这并不是什么自我压抑，而是一种勇敢、豁达、明智，甚至是智慧。

猛虎，落花

□冯 唐

有这么一个禅宗故事。小和尚问大师怎么修佛，大师就说，饿的时候吃饭，困的时候睡觉。然后小和尚说："不是所有人都这么干的吗？"师父说："不，多数人是吃饭的时候不好好吃饭，睡觉的时候不好好睡觉。"

有一段时间，我总觉得自己特别忙，那时候也的确是忙。我会发现，同样的茶叶、同样的水、同样的茶具、同样的步骤，我泡出来的茶就是不好喝。我就问茶泡得好喝的人，我泡的茶出了什么问题。那人笑着说，冯老师，您泡的茶有一股不专心的味道。所以我后来逼自己，"逐鹿中原"的时候，就全力以赴、驰骋沙场；用文字打败时间的时候，就心无旁骛、伏案弄墨，一段时间干一件事。

所以，我能管理，又能写作，又能翻译……恰恰因为我够专心。该做这件事的时候，就做这件事，天塌了都跟我没关系。而且我居住的地方没电视机、没音乐，每住进一个酒店，我做的第一件事是关掉电视机。

所谓"临事静对猛虎，事了闲看落花"就是这个意思。遇上事的时候，要好像面前有一只猛虎，事完了就该看花看花，该赏月赏月。

人生是会触底反弹的　　◎王宇昆

不要让悲伤过夜。

收到联合利华的offer时，我正在实习公司的办公桌前啃一个包子。挂断电话的时候，我的手还僵硬地举着那个包子。那剩下的最后一口，和以往的每一次都不同，我感到前所未有的舒畅。

求而不得，是这三个月里经常出现在我面前的关键词。

记得在面试最频繁的那一周里，我赶了六家公司，其中有一家公司，过五关斩六将到达了最终一轮，却因为面试官的一句"我觉得你身上缺乏我们想要的应届生的那种朝气和热情"而以失败告终。我一遍又一遍地问自己，我发现对方说得有些道理，因为在那一周频繁的面试轰炸后，我真的已经精疲力竭。我甚至已经懒得去准备，放任自己成为那句"是你的终究是你的，不是你的你强求也得不到"的信徒。

联合利华的终面是我秋招里的最后一站。那天的面试到第三轮结束后，我清晰地感受到自己的体力已经透支。患有神经性头痛的我，脑袋里仿佛刚刚结束一场原子弹爆炸。强忍着疼痛，我去洗手间洗了把脸。

但神经还是一直像紧绷在弦上的箭，疼痛感让我一度走神，导致在最终一对一面试的时候，听错了面试官的问题。走出面试房间的时候，心里的那个小人不断训斥着我：在那么重要的时刻，怎么可以走神呢？

在听说组员们都陆陆续续收到offer的时候，我的手机却没有任何动静。为了等待那一通电话，我甚至在去洗手间的时候，都把手机放进最靠近自己的口袋里。

记得当时的上海开始降温，下班回家的路上会刮起风，我走着走着好像就要落下泪来。我甚至希望自己能哭一场，让这悲伤找到自己的出口。

那天发了条微博，写了这样一句话："不要让悲伤过夜，要坚强，把难过与后悔的时间都用来想接下去该怎么做。"于是，第二天我又如往常一样早起，急匆匆地去实习公司打卡上班。

人贵自立 ◎佚 名

谁不应在这社会上努力独立维生呢?

小时候总会看到一些愁眉苦脸的亲戚摸上门来,老缠着我父母请求借贷。我见到他们个个衣衫褴褛,颜容憔悴,心头就纳闷,很希望能够帮他们渡过难关。于是我总是借机偎在我老爸的身边,不愿离开,想看看究竟父母会不会答应帮他们。很可惜,差不多次次都令"我们"失望。

每次看着亲戚们垂头丧气地离去,我就有种想跟父母理论的冲动,才一百几十块,真想不明白为何不能解囊相助,老实说,我觉得父母不够义气。

我长大后,踏上社会工作,开始遇到有朋友同事借贷的情况。我并不是一个情以恕己、理以律人的女人,故此,我坚决尽己之力,伸出同情之手。可是,久而久之,我发觉实在不对劲。

就以一位大学时代的同学为例,他叫祖。自毕业之后,我未曾跟他再见过面,突然有一天他摸到我办公室来,向我借两万元。我叹口气,没有问原因,年纪小时才会喜欢听故事,成熟后,明白编剧才能是人人都有,区别只在于编得好与不好,又何必花自己及对方的时间硬是听一个无谓故事,反正自己决定借与不借,也真无须多管理由了!于是我答:"让我考虑两天再给你答复吧。"

"你不会没这个钱吧!"他临走时竟对我说了这句话。

我恍然大悟,明白当年父母为什么不答应借钱给别人。这世界上有太多自以为是之徒,好端端一个大学生,有一份安定工作,只要稍微有预算,也不会弄得借贷度日,有什么情况会弄得自己山穷水尽,而要放弃尊严?

我终于写了一张两千元的支票,放入利是封,寄给他,算是我给他两个小孩的见面礼,我是真心可怜他也可怜孩子。这以后类似的情况发生岂止两三次,我这才大彻大悟,胡乱行使江湖义气是姑息养奸,而非长久之计,谁不应在这社会上努力独立维生呢?

独餐与聚餐 ◎王　路

吃有两个作用。一个是吃，一个是 kill time。

我住在八宝山。每次朋友来找我，都会被这个地名惊讶到。一个人生活，懒得总在单位吃食堂。那样久了很厌腻，仿佛生活和青春就在日复一日的大锅饭中荒废抛掷了一样。于是我常常一个人溜到小吃街吃美食。

五味令人口爽。但每天吃，没有新意。于是我便走得更远，从八宝山到五棵松。整个北京恐怕也没有多少像我这样生活的人。过慢节奏生活的人很多，但像我这样——步行一个小时去吃饭，再步行一个小时回来的，绝对不多。

我曾经有个胖子同学，重190斤。他的一句话让我受益良多："吃有两个作用。一个是吃，一个是kill time（打发时间）。"他无论做什么事，都预备好许多吃的。当年读书时，我同他一道坐火车回家，离到站还有15分钟，他说，等我泡一碗面。把面和汤吃得一干二净，刚好到站。而我花两个半小时在路上，初衷和他一样，也是kill time。只要是一个人生活，便有大把时间需要填满。你如果不懂得许多kill time的好方式，你将生活得不开心。

上个周末有高中同学聚会，地点在一个同学家里。我们从东南西北各坐地铁狂奔了两个小时，到了她家。十来个人动手包饺子，叽叽喳喳叙着闲话。饭后打麻将，我感觉很久没体验过这么有人间烟火气息的生活了。在麻将桌上，你来我往边聊边打，玩了一个下午。因为人多，晚上的菜是用洗菜盆盛的，两大盆荤菜，一大锅汤，还有几盘凉菜。十来个人吃得肚皮滚圆。同学说，干脆打一通宵麻将吧！我心里倒也痒痒，但又深感叨扰人家够多了，犹豫之后说，还是回去吧。一队人浩浩荡荡在郊区岑寂无人的路上，冲破寒冬的黑夜往前走，一点都不孤单。我们赶在末班地铁停运前到了地铁站，一一上车。

由于家没在一起，便不能同坐到终点站。换乘了一次后，一位同学先下，又过两站，又一位下去。每人下车前，和车里人招手说再见。看着旷野里传来遥远处的盏盏灯火，想想人生也不过如此。朋友一场，都是缘分，大家聚在一起好不热闹，然后一个个离开。又过两站，我也下车了。

岁月很长，不必慌张

◎沈嘉柯

岁月也教会了我们，懂得了欣赏那些久久用功和水到渠成。

我认识的一位设计师，从前在本城开一间小小的店，一年又一年过去，再见面的时候，他说在给一个老板设计私人艺术馆。他特别重视这个项目，因为他等待了很久，做了很多基础装修的活儿，终于接到了可以发挥艺术特长的单子。

他毕业于美术学院，为了养活自己，先求生存，开店赚钱。他的梦想，是能够做体现美学风格的作品。

我的一个很熟的朋友，他的母亲年过六旬，从前一直自娱自乐，画着花鸟鱼虫。不知不觉，有一天老太太开始开班，教授其他人绘画。慕名而来的人多起来，老太太上了新闻报道，她的画作被送到日本的艺术协会参与交流活动。

但是老太太仍然亲力亲为地教授学员，有一次我在聚会上遇到她，她咳嗽完，就耐心跟学画的人讲着笔法和用色。她的弟子也越来越多。

我在和朋友以及他的母亲一起吃饭的时候，听着他母亲的谈吐，和退休时的状态，完全不一样了。

他的母亲说，真的没有想到，自己会成为今天的样子。虽然忙碌，虽然辛苦，但她还是很快乐的。因为，最初她只是出于爱好，拜师学习，慢慢地画了二三十年，最后她变成了一位真正的画家。

这些在我的生活中真实的人，他们生平的际遇，特别令我感慨，岁月很长，不必慌张。

仅仅是时间本身，就会把那些凑热闹的人淘洗而去。

急功近利的，会飞快消逝。留下来的，总是那些守到最后的人。

等待了十几年的设计师，晚年发光的画家老太太，他们的人生，越来越走向丰富繁盛。岁月也教会我们，懂得欣赏那些久久用功和水到渠成。

越努力的时候，越不要让自己变难看

◎杨熹文

当你好看，生命才会好看。

朋友在一家珠宝店做经理，年底是最忙的时候，作为经理的她压力尤其大，周末加班是常事。

但她坐在我面前，分明让人感觉不到她的疲态，她的头发是新染的，妆容是一丝不苟的，指甲保养有佳，那大戒指闪足光芒，和高级定制职业装很配。

她相信一个哲理，越努力的时候，越不要让自己变难看。

当你好看，生命才会好看。

我最努力的一段时期，大概也是最丑的时期。

一两年没剪的头发，乱蓬蓬地扎在脑后。胡乱护理的皮肤，晒得油黑锃亮。我打三份工，体力耗损严重，把烂了个洞的裤子穿过了整个春夏秋冬。

那时的照片，令现在的我不忍直视，我胖得丑得理直气壮地呐喊着："我在努力赚钱啊，我哪里有时间美！"

很快我发现，努力和美丑之间，并没有什么联系。

我反省着，即便我在很努力的状态下，我也总是会找到一些时间去微博上吃娱乐圈的瓜，会漫无目的地刷朋友圈，却为什么不肯花点精力在自己的身上？

美是不会耽误一个人努力的。它如同杠杆，是向上的基本，为外在做出努力，便让一切努力有了更好的开始和继续。

如今我在家办公，可以穿睡衣写稿，没人在意我的体重，没人关注我的皮肤。但早上我还是会化好妆，穿戴整齐后才到写字桌前读书写字，控制食量，保持运动，这不是给别人看，是为自己好看。有时压力比过去还要大，我绝不给自己找借口，晚上跳进浴缸，敷一张面膜，睡前点上香薰蜡烛，做一节瑜伽。越努力的时候，就越不能松懈，善待外在，才更有动力向前。

保持好看，是一个人向外的体面，是向内的尊重，是不认输，是不会输。

远方是药也是病

◎陈海贤

"远方"的意义并不在"远方"，而是寻找的过程本身。

有一段时间，我在帮一个节目做心理顾问。这个节目要求选手在一个山清水秀的野外过全封闭的生活，24小时网络直播，持续一年。这件事本身就不同寻常，所以了解这些人参加节目的动机，就成了一件有趣的事。不同身份、不同背景的人来参加节目，并不是一般人以为的"成名"。很多人来参加这个节目，纯粹是被"别处的生活""远方"这样的概念吸引来的。

"远方"是一个神奇的词。卡尔维诺说，对远方的思念、空虚感、期待，可以延绵不绝，比生命更长久。这种思念究其本质，就是对生命可能性的向往。当人们陷入生活的琐碎无聊、疲惫厌倦时，"远方"就会在幻想中被制造出来。它所代表的可能性，既能容纳过去的失败、挫折和悔恨，又能容纳未来的希望。可是到了远方以后呢？如果你没有改变，他乡还是会变成故乡，疲惫和厌倦还会爬上心头。你要么适应，要么开始重新迁徙，周而复始。

节目里有个小伙子，在丽江做皮具，开客栈，种成片成片的向日葵。这哥们儿年轻的时候，在北京的大酒店当服务生，过得很苦闷。有一天，他在网上看到一位大哥到无人区探险的纪录片，恍然大悟："我也要过这样的人生！"他到了大理，看到有人一边做皮具一边卖。他每天跑到人家小店门口蹲点，仔细观察人家怎么做。一个月以后，他也开始在街边卖皮具谋生了。

远方的生活当然也并没有那么美好。有一段时间，他在大理待得有些厌烦，就跑到西藏重新开店，当他觉得生活太无聊而感到厌倦时，他就有勇气和信心换个地方重新开始。这种勇气和信心可是他在适应远方的艰难时培养出来的。所以，"远方"的意义并不在"远方"，而是寻找的过程本身。但想象中的"远方"确实提供了人们启程的最初动力，而现实中的"远方"又培养了人适应新环境的能力。所以，我们才会一而再，再而三地站在眼前的苟且处，歌颂起远方的田野。我们歌颂的是对庸常的不甘、对生活的向往和对改变的勇气。

每一种活法，都值得被尊重

◎王宇昆

不同形态的生活总有它们各自忙碌的方式。

我妈有一个同事，跟我妈差不多年纪，五十多岁，至今依然独身。

我妈谈起这位阿姨的时候，眉头紧蹙："这个年纪了，也很难找了。"

后来有次在超市里遇到她，才发现她与自己想象中的样子完全不同。她有一种优雅的气质，五十多岁的她比同龄人看起来年轻一些。她的肤色明亮，一头利落的黑色短发，耳环是银色的，头发上会戴一个深棕色的发带。

那天在果蔬区，想要挑牛油果的时候，我站在货架边犹豫了半天，不知道该选哪个，哪个更为新鲜。

"这个够新鲜，就拿这个吧。"这位阿姨似乎是看出了我的苦恼，她仔细端详了几颗牛油果，然后用手轻轻捏了捏，挑了两颗送到我的购物篮里。

"我也很喜欢吃牛油果，夹在三明治里特别美味。"她微笑着和我简单地聊起来。

从聊天中，我能感受到她的不同。

"你还记得在超市里见到的那个阿姨吗？前段时间她生病住院了，说是查出了胆结石。"

我妈又在视频电话里和我聊起那位阿姨："你说说要是有个人在身边多好，也不至于疼到在地上打滚了，还得自己叫救护车。"

"孤独""苦涩""无依无靠"，是我们企图理解他们的仅有的少数的关键词。不过，在我试图去靠近他们，一点点理解他们之后，我惊喜地发现，其实，他们从来不试图得到别人的理解和认可。

不同形态的生活总有它们各自忙碌的方式，大多数时候人们会对其他人的生活产生评价，但生活的真切质感，只有活在其中的人知晓。

独自生活又如何？倘若能找到疏解自我的去处，什么样的生活不是好的生活呢？就像那位阿姨帮我耐心挑牛油果时的表情。

这些并不是孤独的代名词，而是热爱生活、享受生活的表现。

当我们谈论世间万物时我们在谈什么

◎李 察

> 我就等着，等着你回来跟我谈谈这世间万物。

女儿7个月大的时候，我开始给她读艾米·里奇的《世间万物》。与其说是为她读，倒不如说是为了我自己。毕竟她只有7个月大，即便如此，在她身边读这本关于"与植物、星辰、动物的相遇"的小书依然是一件无比幸福的事。

小到缓缓爬过停车场的毛毛虫，大到宇宙中爆炸的恒星，艾米·里奇看世界的视角广阔深远，似乎无不能谈，又无不有趣。然而我想读给女儿听的，不只是博物趣闻，我真正想与这个我深爱的7个月大的婴儿谈论的是什么呢？

我想和她谈谈僧帽水母。它拥有24只眼却没有大脑，那是因为"没有造物能承受如此全面的视觉"。敏锐让我们对这世界体察更多，但过度的敏锐和敏感，"会让你的大脑融化，让透明的你一动不动悬于这世间"。

我想和她谈谈豌豆。它总是渴望攀爬却时常因目标不可感知而攀错方向，最终只能收起卷须。当苦于"求不得"时，要安慰自己，"不是每株植物都能分到格子架，就像不是每个星球都能分到人类，不是每个人都能分到布丁"。

我想和她谈谈葡萄叶铁线莲。它蔓延缠绕、爱意汹涌，把一切包裹成绿色雕像。然而万物"被爱束缚后就不再整洁漂亮，不再凿有花纹，不再引人注意""因为爱，猛烈的爱，会让一切事物化为叶片"。

我想和她谈谈毛毛虫。每个人都兴奋而期待地盼望它变身化蝶，振翅而飞。它却总是那么镇定，并不为人们急于见证变身的欲望所影响。即便在不慎失去平衡，挂在溪边植物的茎秆上，被风吹得摇来晃去即将落水时，毛毛虫也不会为眼下的生活和灿烂的未来即将覆灭而悲鸣。它只专注于一件事："我在摇晃，我在摇晃，我在摇晃。"

我该和她谈什么呢？我想，还是谈谈普罗达格拉斯那句流传千古的名言吧。"人是万物的尺度，是存在者存在的尺度，也是不存在者不存在的尺度。"我的小婴儿，就请你按照自己的节奏好好生长，用你的尺度去丈量。而我，我就等着，等着你回来跟我谈谈这世间万物。

边 界

◎火灵狐

该说"不"时说"不",该坚守原则时坚守原则。

我的一位表姐经常送东西给保姆。渐渐地,保姆做事不再那么上心,甚至反过来抱怨,说表姐最近送自己的几件礼物不如之前的好。

据说这位保姆在另外一户人家做事时兢兢业业,十分客气礼貌。那一家的主人从不送她礼物,做得好就按家政公司的流程为保姆评五星,做得不好就投诉。虽一点情面不讲,但他们反而相处得不错。我表姐反思,她说保姆以怨报德,自己也有责任,因为模糊了本应存在的"边界"。

我做过实习老师。那时想做热血教师,与学生打成一片的那种。一开始,我也是恨不得钻进学生堆里听听他们在聊些什么。我的指导老师一直提醒我,说当老师就要有老师的样子。我依然我行我素。受欢迎吗?确实挺受欢迎的。但随之而来的是,开始有学生跟我讨价还价:作业太多了,老师,帮我们减掉一点吧?不想有这么多测验,不如就不测了吧。

我跟指导老师抱怨,老师说:"不怪他们,你想想自己有几分老师的样子?"

这是我大四毕业前夕学到的最重要的一门课。不是说要摆架子,而是一定要意识到人与人之间的"边界"。

没有边界感的关系大多糟心。给朋友帮忙做事,一次两次也就算了,三次四次、无数次,他还来麻烦你。你花了时间还得倒贴钱,可又拉不下面子开口要报酬,这种朋友还要加一句:这种小事对你是举手之劳吧。

除了糟心,还很尴尬。有一位多年未曾联系的同学突然给我打电话,详述她的情感纠葛。其实,我对她一无所知也不感兴趣,又不好意思不听。

另一位同学得知后,笑道:"她拎不清啊。"她并不会去判断哪些事应该对哪些人说,怎么说,什么时候说。她没有边界感。

我一直在努力学习守住自己的边界,也在学习如何与人划出边界。其实不难,该说"不"时说"不",该坚守原则时坚守原则。你要让对方知道你是一个有原则、有边界且会说"不"的人。

复杂的优雅

◎陈思呈

林徽因展现了比客厅里的她更大的魅力，一种更复杂的优雅。

人们说到林徽因，似乎总把她描述成一个柔弱甚至矫情的女性，人们传说她的恋爱故事甚于她的成就。估计林徽因本人很不认可这些固定认知。作为一名建筑学家，她愿意像男人一样走在考察古建筑的路上，不惧艰辛、肮脏和危险，在当时的知识女性中，有此等行为的较罕见。

比如1937年夏天，他们考察佛光寺的情形，就堪称惊心动魄。那个夏天，梁思成、林徽因一行四人，第三次前往山西考察。虽然每次的考察都有不小的收获，但由于当时的一个说法——"要看唐构要去日本，中国已经没有唐代建筑"，让他们很不甘心，他们想在中国大地上再寻找唐代建筑。他们带着《敦煌石窟图录》中的线索，骑驮骡入山，在陡峻的路上足足走了两天，才到达台外的豆村。资料上说，当时这座殿梁架上有空阁，上面积存的尘土有几寸厚，踩上去像棉花一样。檩条已被千百只蝙蝠盘踞，无法驱除。照相的时候，蝙蝠惊飞，秽气难耐，而木材中又有千千万万只臭虫。

他们看不清脊檩上有无题字，几天摸索后才看见殿内梁底隐约有墨迹，他们请寺僧入村去募工搭架，却又等不及，他们把布单撕开浸水互相传递，一共三天时间，才读完题字原文，证明佛光寺建于唐代大中年间，公元857年。

林徽因和营造学社成员一起，整理了两百多组各地的建筑群。路上的各种片段，如今读起来细思极恐。发现佛光寺的几天后，"七七事变"爆发了。

接下来是流亡。北平沦陷后，林徽因一家辗转来到长沙，随后又向昆明转移，路过晃县时，林徽因肺病暴发。他们把铺盖卷直接放在大街上，两个孩子和外婆坐在上面，梁思成和发烧的林徽因去找旅馆。梁思成似乎自带浪漫，他突然听到一阵优美的小提琴声音，便循声而去。就这样，梁思成认识了一帮前往昆明航空学院的小学员，当晚他们为逃难中的梁家挤出一片栖身之地。

正是在这艰辛的跋涉和流亡的过程中，林徽因展现了比客厅里的她更大的魅力，一种更丰富的优雅。

不安是安心之母

◎唐辛子

完美是一种偏颇，完整是一种平衡。

最近看《不安的力量》，作者五木宽之对于"不安"的分析和思考，十分有趣。在他看来，"不安"不仅无可畏惧，而且"妙不可言"。他在书中写道："都说'失败是成功之母'，按这样的说法，我也想说'不安是安心之母'。人们在失去平衡的状态中，拼命地想找回平衡。活着，不正是为此吗？"

"不安是生命之母。它不是好与坏的问题。不安就是不安。人本身就是伴随不安一起诞生，与不安为友一起成长。不安无法驱除，也绝不会消失。但是，是视不安为敌呢，还是坦然接受与不安为友？这有非常大的不同。

"不安是人身体里优秀的警报系统，是人天生所拥有的强大的自我防卫的本能。所以，若将不安看成坏事，想要驱逐它，那可就大错特错了。

"例如感冒和痢疾，其实是对身体的大扫除。当身体失去平衡的时候，为了恢复体内平衡，人会感冒或拉肚子。因此感冒也好，痢疾也好，对于人体都十分重要。患了感冒，我们会早些睡觉；拉肚子了，我们会自然而然地控制饮食。所谓'不安'，不也正是如此吗？堂堂正正地、坦荡地感受并接受'不安'，当你感受到不安的时候，还不如说正是开始安心的时候。可以说，不安是支持着我们努力生活最为重要的力量。

"一般我们感到不安的时候，都觉得它是件坏事，是负面因素，总想努力铲除它。可是，我认为：'不安'正是我们作为一个真正的有血有肉的'人'的证据。不安是身体里的发条，如何从不安中寻找到希望，如何从不安中开始起步？这，才是最为重要的。"

不安是支持我们努力生活的重要力量。所有令我们安心或不安的，喜欢或不喜欢的，热爱或憎恶的，美丽或丑陋的——这所有的一切，构成了我们这个世界。这样的世界，当然是不完美的；但这样的世界，是完整的。完美是一种偏颇，完整是一种平衡。而平衡，正是促使并引导我们前行的生活力量。

没有赢

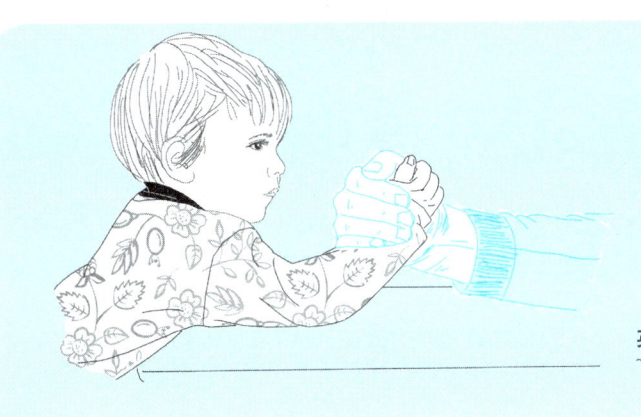

◎刘 墉

英雄可以被毁灭，但是不能被击败。

今天你参加市里的演讲比赛，没能进入决赛，我和你的母亲一起去地铁站接你，不是为了安慰你，而是为了鼓励你！我问："你是真输了，还是没有赢？"你当时不解地说："这有什么区别？"我没回答，只是再问你："下周的另一场比赛你还打算参加吗？"你十分坚决地说："当然要参加。"于是我说："那么你今天是没有赢，而不是输了！"

一个输了的人，如果继续努力，打算赢回来，那么他今天的输，就不是真输，而是"没有赢"。相反地，如果他失去了再战斗的勇气，那就是真输了！

小时候，我读海明威的《老人与海》，里面说"英雄可以被毁灭，但是不能被击败"。当时只觉得那是一句很有哲理的话，却不太了解深层的意思。后来我又读尼采的作品，其中有一句名言："受苦的人，没有悲观的权利。"我也不太懂，心想，已经受苦了，为什么还要被剥夺悲观的权利呢？

直到经过这几十年的奋斗，不断地跌倒，再爬起来，才渐渐体会那两句话的道理。英雄的肉体可以被毁灭，但是精神和斗志不能被击败；受苦的人，因为要克服困境，所以不但不能悲观，而且要比别人更积极！

据说徒步穿过沙漠，唯一可能的办法，是等待夜晚，以最快的速度走到有荫庇的下一站；中途不管多么疲劳，也不能倒下，否则第二天烈日升起，加上沙土炙人的辐射，只有死路一条。在冰天雪地中历险的人，也都知道，凡是在中途说"我撑不下去了，让我躺下来喘口气"的同伴，必然很快就会死亡，因为当他不再走，不再动，他的体温会迅速降低，接着就被冻死。

当你的左眼被打到时，右眼还得瞪得大大的，才能看清敌人，也才能有机会还手。如果右眼同时闭上，那么不但右眼也要挨拳，只怕命都难保。

在人生的战场上，我们不但要有跌倒之后再爬起来的毅力，拾起武器再战的勇气，而且从被击败的一刻，就要开始下一波的奋斗，甚至不允许自己倒下，不准许自己悲观。那么，我们就不是彻底输，只是暂时"没有赢"了。

戏外之戏 ◎尤 今

为了捍卫自己的尊严、保护自己的性命，倾尽全力。

在网上看了一场精彩绝伦的"戏外之戏"。

一匹全然没有受过训练的斑马，为了捍卫自己的尊严、保护自己的性命，倾尽全力，做了一场以性命为抵押的、极端漂亮的"演出"！

这则以图片为主的真实报道，篇名是《勇气》。故事发生于非洲的大丛林，一群斑马快活地在河边喝水，就在这时，一头凶猛的大狮子偷偷地靠近了，警觉性极高的斑马立刻四散奔逃。然而，令人诧异的是，其中一匹斑马凛然站在原地，准备应战。猛狮怒吼着飞扑过来，狠狠地咬住斑马的咽喉。在"封喉"策略得逞之后，猛狮接着死命地把斑马压进河里。临危不乱的斑马拼尽全力反弹起来，狮子失去重心，蓦然松口。逃出狮口的斑马非但不逃窜，反而借机反攻，只见它拼命地把狮子压进水里，在狮子咕嘟咕嘟地被河水灌得晕头转向之际，它趁胜撕咬狮子，把狮子的毛一把一把地撕扯下来，接着发狂似的咬住狮子的肚子，还连连飞腿踹它，一鼓作气地踢了十几下之后，再敏捷地飞跃上岸，潇洒地奔向远方。被斑马挫败的狮子，毛发掉了一大堆，全身沾满泥巴，灰头土脸地爬上岸，望着斑马远去的方向，疲累再加上震惊，竟无法奋起直追。不过，它越想越不甘心，对着空秃秃的树枝，又扯又咬，借以发泄心中的怒气、怨气、窝囊气。

我看得目瞪口呆。真实的人生，竟比刻意安排的马戏精彩千倍万倍！强敌当前，不害怕、不退缩，直直迎上前，狠狠给予痛击。

只要有信心，谁都可能是那匹挫败猛狮的斑马。

吃掉生命的隐形黑洞

◎艾 力

远离那些"吃掉"我们生命的怪兽。

手机,尤其是智能手机改变了我们的生活。作为一个反手机斗士,我其实也是一个重度手机依赖症患者。有一段时间,我的注意力分散到自己无法忍受的程度,删掉了一些软件,我嘴上说不想看,我的身体却是诚实的。除了手机等SNS(社交网站)工具,还有很多其他小事也在偷"吃"着我们的时间。

早上毫无意义地赖床。明明8点已经醒了,却要赖到9点再起床,本来只打算和朋友聊天2小时,不知不觉聊了4小时,直到最后两个人无话可说。

有些时候我觉得,人生就是要有些可以用来浪费的时间,浪费在自己喜欢的事情上。像我这样把时间精确到半小时的人,都会在一年中浪费一个月,那些没有做过时间管理和统计的人,很难意识到时间流走了。需要专注工作时,我会把手机调到静音状态,放得离自己远远的。然后坐在电脑前,在不连接网络的情况下备课、阅读、写作。在清晨最高效的时候,几个小时就可以完成一天中最重要的工作。当我全情投入时,几乎感觉不到时光的流逝。而高效完成工作带来的成就感,则会让人一整天都神清气爽,获得拥有自控力的满足感。

曾经有一段时间,我很不喜欢打扫自己的房间,工作忙的时候尤其如此。到处堆着没来得及洗的衣服,床上、书桌上是没读完的书,而我突然想读哪本时,要花很多时间从那和小山一样的书堆里去找。还有一些似乎有用,却很长时间用不到的东西,令本来不大的房间显得十分局促。

后来,读过山下英子的书后,我很赞同她说的"断舍离"这种生活态度:

断=不买、不收取不需要的东西;舍=处理掉堆放在家里没用的东西;离=舍弃对物质的迷恋,让自己身处宽敞舒适、自由自在的空间。

物品如此,情绪也是如此。那些让我无法专注于生活和工作的负面情绪和思考,要及时"断",犹豫得越久,生命中失去的亮色就越多。而那些原本可以用来享受生活的时间,就在不知不觉中流走了。

时间就是生命,一定要远离那些"吃掉"我们生命的怪兽。

来自陌生人的慢待

◎调 调

我应该对自己好一点。

前阵子,我的某个远房小侄女陷入了一场可以说是疯狂的追星梦中。对方是个小有名气的网络红人,她除了天天在对方的微博下面评论点赞,还奇迹般地弄到了对方的QQ号,每日给人发早安、午安、晚安。终于,这位红人将到她所在的城市,举办一场盛大的见面会。

见面会那日,我恰好去她家串门。十几岁的女孩子,已经开始注重外表,她收拾得十分妥帖,青春洋溢,和我愉快地打了招呼,还说,她会给我带一套偶像签名的画册回来。见面会举办的时间短短的,等到她回来的时候,却神情阴郁,她沉默地开门进来,将一本画册递给我。画册十分精美,制作精良,想必花了她好大一笔零花钱。

"发生什么事儿了吗?"我吃了一惊,小心翼翼地问。

她沉默了一会儿,然后开始向我讲述事情的始末。喜欢上那个人,最开始是在微博上。她被他的每一条微博牵动着情绪,每天刷一遍他的微博,后来她因为在微博上对他评论过多,又被拉入了他的后援会,因为"表现突出"便得到了对粉丝最高的奖励——对方的QQ号,从此开始了长达半年的早晚安问候。

直到她历尽千辛万苦买到了这场见面会的门票,如愿见到了她的男神。她艰难地挤到台前,合影拍照。在拍照的时候,她忍不住问了他一句:"男神,我是×××,天天在你的微博下评论的那个!你记得我吗?"

她的男神抬起头细细地打量她,然后不确定地报出了一个ID。不是她。

她摇头说:"不是不是,我是天天给你发晚安的那个呀。"对方尴尬地对她笑了笑,下一个粉丝已经上了台,请他签名,他只能转过头去,不再看她。

她下台的时候,突然自嘲地微笑了一下。她突然想起,她半年的早晚安问候,对方从未回复过。她每日暖心问候,最终依然是对方心里毫无印象的陌生人。

"大姑,我以后不再粉人了,真的。"她拉着我的手保证,"我突然觉得,我应该对自己好一点,然后……离偶像远一点。这样的生活才是生活。"

不同情往往是种大智慧

◎旧时锦

工作就是最快适应新生活的方法。

奶奶手里拿着青菜，她将发黄不能吃的菜叶撕下，又将那棵菜从上到下细细检查一遍，才把它放进洗菜篮。我察觉到，她的视力明显衰退了，即便戴着老花镜，她与蔬菜的距离也极近。我的眼睛有些发酸，时间是种神奇的催化剂，它会打开一个按钮，让人加速衰老。

父亲想接手奶奶挑菜的工作，没想到却被奶奶和姑姑同时阻止了。

姑姑告诉我："之前我也不忍心，可这是她能做的为数不多的事之一。"

我点了点头，转身一看，奶奶还在认真地挑拣青菜，没有怨言，也没有因手脚灵活度下降而急躁发脾气。显然，她很乐意做这些事。虽然在姑姑的脸上没有读出同情，但我发现，她让奶奶做的事是有意筛选过的。剥水煮蛋或拌一碟凉菜，这些精细的小工作确实能让奶奶适当活动身体。

我了解，姑姑的这种态度传承自奶奶。父亲刚出生那年，奶奶农村老家的表弟来投奔他们，打算在城里找份工作稳定下来。因为没有固定住所，他就借住在奶奶家。一周后，奶奶开始督促表弟找份工作，并提出如果要继续在家里住，每月必须上交部分工资作为生活费。包括爷爷在内许多人，都劝过奶奶，她的表弟初来乍到，对一切还不熟悉，不应对他太严苛，被别的亲戚知道了，会落下不近人情的话柄。可奶奶没有让步，有理有据地反驳："工作就是最快适应新生活的方法。"

现如今，奶奶的这位表弟不仅在城市定居，还供三个孩子读完了大学。奶奶生病后，他经常来探望，每每谈及往事，他语气里是满满的感激："要不是姐姐当年催着我上进，我不知道要再奋斗多少年，才能站稳脚跟。"

以前我不明白，为什么越是好强的人越喜欢隐藏伤痛，想必答案就在于此，一怕爱他的人牵肠挂肚，二怕别人知道后，被同情的眼神环绕。所以不同情，才是生活最难的博弈之一，不仅要付出真诚的关心，还要思考怎样的行为是真正为对方着想。

立 定

◎罗振宇

<u>什么叫立定？就是"小而美"。</u>

网上有一个女孩，她原来是做金融的，后来觉得没意思，就辞职了。她爱好摄影，同时又喜欢孩子，她就冒出一个念头：我可不可以干儿童摄影呢？

当然可以，但这块市场上多的是大鳄，有些虽然不是市值几百亿元的大企业，但是人家至少有个影棚，有后期制作人员。可是她什么都没有，于是，她就用了所谓的立定术，就站在自己的基础上，开发全新的模式。

她的模式是什么？上门拍。比如说孩子5点钟醒，她4点钟就到你们家，摆好照相机，面对着孩子。从孩子睁眼的一瞬间，她就开始拍，然后记录孩子一整天的活动。

我们来给她算一算，她这样能挣多少钱。我听说这样拍摄一天的报价是五六千块钱，我们按一天5000元算，一个月不用多干，干10天，一个月5万元，也还是可以的。

还有一个女孩是画画的。她的水平虽然和老先生们的没法比，但是也画得不错。于是，她在淘宝上开了个小店，专门画家族肖像画。虽说这项服务不需要多高的画技，但是她开发出了一个全新的市场。

这就是新时代的玩法啊。每一个人都可以利用互联网，找到自己立定、成长的路径，老家伙们是挡不住的。

什么叫立定？就是"小而美"。一个人没有必要挣多少多少钱，即使在大城市，如果你不用买房，而且有一份正式工作的话，一年是花不掉多少钱的。

当你没有那些私心杂念、贪念的时候，你对物质的需求其实并不多，这个时候你反而获得了自由，获得了一个让个人价值持续增长的空间。

在传统社会，我们经常讲的是做大做强，总希望跟着组织把事业做大。可是在互联网时代，也许我们立定，在自己所擅长的那个领域成长，并拥有合适规模的客户，就可以拥有自由且富足的一生。

你找到立定的地方了吗？

一棵野蔷薇就这样把春天顶了出来

◎余秀华

我在，我也会开花！

那个早晨，看见家门口的野蔷薇枝条上钻出一个个小芽，惊叫一声。

那些嫩芽刚刚探出头，似乎来不及搞清楚它们与这个世界、与这个春天的关系，所以不停地犯嘀咕：呀，我是怎样冒出来的？我是被谁推了一把吗？它们在枝条上跺脚，摇晃着身体，但是枝条没有动静。而这个时候如果有风，它们的心又该慌张了吧！一个嫩芽长出来，也有好几种色彩：芽的根处，是微红的，好像带着血，想必也是疼的。没有一种事物能够轻轻松松地获得美丽，没有经过疼痛的事物也配不上美丽，所以每一个春天都值得赞颂和尊重。往上一点，有微微的绿意，这是春天烙进它身上的生命的基因：告诉它以后会长成一片葱郁的叶子。这是让它放心呢！所以，一片叶子从一开始就不会出错，它只要尽情生长，就一定会迎来生命的蓬勃。春天如此宽厚，万物才重新生长。

再往上一点，就是鹅黄了：刚刚长出来的娇柔的模样，仿佛弱不禁风。当然，它也不需要经过几场风，就会又往上长一点了。如同一个走夜路的人，总是担心一脚踏进泥泞，但是还没有踩到泥泞，这一段路就已经走过去了。仿佛人生路上的一些事情是早注定的，如同这个春天必然到来，我们需要做的不过是尽情绽放。一棵野蔷薇就这样把春天顶了出来。也许它并没有考虑时间考虑季节，只是身体里的事物在积雪融化后面对着漫长的寂寥，而这寂寥似乎比去年雪化后的寂寥更长一些，它有些担心，有些焦急，心神一晃，就钻了出来。春天就这样来了，一点一滴漫不经心的样子，油菜花也零零星星地开了，不用担心，它们会越开越多，没有一朵花会错过春天：它们和春天是互相映照互相需要的。而春天也是一个凶猛的季节，它不开到荼蘼是不会罢休的。当然这棵野蔷薇并不知道我对它的憎恨：我在淘宝上看见它开得那么妖娆，结果栽下去，它却是一棵野蔷薇——花开得乱七八糟，没有一朵成形的，挂在枝头的全部是小小的白花，我被淘宝骗了。但是它没有骗我，因为它不敢骗春天。所以春天一来，它似乎就叫了起来：我在，我也会开花！

如何安心 ◎杨 健

我即渊明，渊明即我。

有一位修行者，每天都忙着处理很多事情，但处事的态度始终如一。周围的人问他何以能够如此，他回答："我站着的时候就专注地站着，行走时则专注行走，坐下以后就会专注坐定，进食时也会专注进食。""大家都一样啊！"提问者立即反驳。他又答："不对，各位坐着时总是急着站起来，站着的时候又急着要走，走着的时候心已经飞到目的地去了。"这个故事也一语道破了如何安心的问题。

在古代中国，没有体验过精神上的宁静和专注是不受敬重的，因为你的心还没有安下来，怎么能受到敬重呢？而那些安下心来的人大都选择最简单的生活，或山中或乡村，或云中或松下，他们的所需也极为稀少：几把茅草，数株茶树，一块瓜田。他们的一生也许只留下或一两句话，或一首诗，或一个药方，他们大都与时代脱节，却与山水云霞常在，中国历史从来没有忽略他们，一显一隐，中国历史人物的功绩向来由这两面的力量形成。

白居易是既显又隐，那就是外以儒行作其身，中以释教治其心，旁以山水风月、歌诗琴酒乐其志。这是他安心的方式。

苏东坡同样是既显又隐，在生前，他已是"帝王师"的身份，无论在朝与外任，无论做官与遭贬，皆葆有一分"尧舜之泽，唯己之泽"，这是他安心的方式。他的另一种安心方式就是："渊明形神自我。""我即渊明，渊明即我。"

在今天，这两人的安心方式像是不可能的了。

争强好胜与随遇而安

◎陆凉风

与其反复抗拒，不如稳稳地将它接住、接好。

章老太八十岁，十年前患上阿尔茨海默病，近三年发展成了完全丧失生活自理能力的重度失能老人。趁着天气好，章老太五十多岁的儿子用轮椅推着她出门晒太阳。远远地看到章老太，我的第一反应就是怕。原因无他，这位老太太年轻时的脾气实在是大，方圆十里的小朋友见了都怕。

章老太出身世家门第，家族的衰落、历史的冲撞、婚姻的不自由，都让章老太离快乐远一分，从此一生都没有走出心灵的禁锢。

章老太的儿子在与我们聊天时，感叹最多的就是："老太太以前那么横，嗓门那么大，现在却成了一个彻底的沉默寡言之人，谁能想到呢？"

我细细咀嚼这句话很久，冥冥之中似乎有一些道理可悟，却又抓不住。就在我将这件偶遇的小事快要忘记的时候，我随同父母一起去参加了镇上刘奶奶的九十大寿宴席。

刘奶奶是一个和章老太截然不同的老太太。

刘奶奶一辈子和农田打交道，长时间的日晒和辛勤劳作让刘奶奶的肤色有些偏黑。但刘奶奶十分热爱这一身粗糙的外表，她总是笑着说，人是有命运的，接不住也得接。与其反复抗拒，不如稳稳地将它接住、接好。

七十多岁时刘奶奶在家闲不住，还经常下地干活。家里人怕她累着，不让她干，刘奶奶就种点蔬菜，用她的话说就是"一天不下农地动一动就浑身不舒服"。刘奶奶对谁都客气，她是人们口里"和善的老太太"。

在宴席上，我见到了九十岁的刘奶奶。我惊叹，好清俊的一个老太太。最令人惊艳的是，刘奶奶的好记性以及极其敏捷的思维，甚至和我提起了"金融"这个话题，笑着对我说："我还想问问你呢，金融都做些什么呀？"

过完年，回到上海，我常常想起家乡的这两位老人。工作在上海，仿佛一停下就会陷入"不成功就会死得很惨"的境地。然而结果真的可以如愿吗？

或许，可以。又或许，不可以。

即使再难，也该给生活一点仪式感

◎曾 颖

因了这份庄重，我们的人生，也就显得不一样。

真正让我折服的仪式感，来自爷爷每天早晨的泡茶。他通常是早早起床，从井里汲来鲜水，用一个小石炉烧木炭，现烧一铁壶水，然后将一撮茉莉花茶放入瓷盅里，待水烧开之后，断火静置五分钟，让水不再沸腾，然后将水掺下去，静待花与茶在壶中次第绽放，花香与水汽在晨间的阳光里袅娜飞升。这时的爷爷，端着茶杯，闭上眼，深吸一口气，整个世界都香了起来。

另一个让我觉得对生活充满仪式感的是我在成都活水公园里碰到的一个收废品的人。此人每天早晨都会在公园一个固定的向阳的石桌上吃早餐，通常是一份凉菜两个馒头，还有几颗花生，荤素根据前一天收入而定。最稀罕之处是，他喝酒用的是一个小银杯，据说是家传之物，每天早晨两小杯，不多也不少。他说，他每天就是为了这两小杯酒而活着的，在成都生计不易，每天的收入，三分之一给老婆，三分之一给孩子，三分之一给自己。即使不吃饭，也要喝两小杯，特别是有阳光的早晨，对着太阳一举杯，就感觉活着的美好与不易，而且因为那点不易，而更觉美好的宝贵。

早年采访时，我还认识一个奇人，他虽是垃圾场中捡垃圾的，却严格坚持八小时工作制，一下班，就梳洗干净爬到垃圾山上去放风筝，以此作为给自己生活的一点安慰和放松……

在有些人看来，人生是漫长而没有边际的，他们要用某一种方式，将这前不见古人后不见来者的漫长，加一个又一个的标点，使之显得清晰有序。这些标点，有时也许是一个人为的小小事件，有时也许是一个有纪念意义的物件，有时也许是一个难忘的人。比如我记忆中父亲每月领工资那一天家里那一顿蒜苗回锅肉；比如好友小蕊每个月最后一个星期天在家里办的感恩餐会；比如久未谋面的老友的一张手绘明信片。所有人为制造的仪式感，虽然不会影响时间的连续性，却能为时间刻上印记，从而让我们凡俗的生命变得庄重。

因了这份庄重，我们的人生，也就显得不一样。

摈弃费力的生活

□李银河

读克里希那穆提的《人生中不可不想的事》，很有共鸣。例如："一个喜悦的、真正快乐的人，是不费力气生活的人。"

"我们的心有没有可能随时都自在，完全没有挣扎，不仅仅是偶尔感觉自在就算了？如果能够达到这种境界，我们就能进入不再与人比高低的喜乐状态。（内心挣扎的原因）不外乎嫉妒、贪婪、野心和竞争……当我们挣扎时，起因总是来自真实的自己和期望中的自己之间的冲突。"

我们总要与别人比高低，别人比自己强时，就难免嫉妒；除了和别人比，我们还同期望中的自己比，期望中的自己也总是比真实的自己更好，这就使我们的内心不得安宁，内心就永远没有快乐。

到底是要费力地生活，还是不费力地生活，应当做出选择。

紫云英盛开的20岁

◎ 刘一平

微风轻拂，月光如水。在这旖旎的夏夜，我坐在书桌前，轻轻翻开《意林》墨香氤氲的扉页，去触摸她那博爱宽容而又意境悠远的灵魂。心中蓦地一惊，20岁，《意林》竟然已经20岁了！

心潮翻涌，我澎湃的记忆也回到了49年前——我终生难忘的20岁。

那是1974年，我下乡的第四年，我已成为3000万名中国知青中的一员。20岁，我已从原来那个弱不禁风、细皮嫩肉的城市娇小姐，逐渐变成一个肩膀和双手磨满老茧、面色红润、腰身健壮，一天能挣7个半工分的农村铁姑娘！

我下乡的地方叫作信阳市五七青年农场，在河南省罗山县，距离信阳市区38公里。我们农场共有1000多名知青，分别来自信阳市的各个中学，一共有10个连，连以下又分为若干个排和班。我所在的是5连，又叫"跃进岗"和"38公里"。

我们连共种田地100多亩，分别种有小麦、水稻、棉花、西瓜、花生和蔬菜等。每到2月至6月，便是紫云英盛开的季节。这些紫色的小花，在微风中轻轻摇曳着，像一块块缤纷的地毯。它们可观赏、肥田、做牲畜饲料，刚生长出来的嫩叶还可食用。

我们连种有几十亩小麦，那时没有收割机，全凭人力收割，所以麦收季节是很辛苦、劳累的。因为白天太热，我们就在晚上干活。镰刀割破了手指，碰伤了小腿的肌肤，鲜血直流，照常向前割；弯着腰割累了，就坐着割；割着割着睡着了，打个盹儿，醒来后继续割。几十年了，我的脑海中始终定格着这样一幅画面：深蓝色的天幕上，悬挂着一轮银盘似的明月；广阔无垠、随风起伏的麦浪中，艰难地移动着一个个小小的、疲惫的身影……那年，我

20岁。

那时候虽然生活艰苦，经常是糙米配盐水煮白萝卜片，很长时间吃一次白面馒头就等于改善生活。但我们仍旧青春似火，向上乐观。我们为连里农友和附近的老乡带来了快板书、三句半、男女声小合唱等节目；而且黑板报办得图文并茂，丰富多彩，定期更新。那年，我20岁。

有一年冬季农闲时，我成了连里的"香饽饽"。各个宿舍都准备了从家带回的各种好吃的零食，排着队请我去讲从手抄本里看到的故事。我绘声绘色的讲述，使农友们听得如痴如醉。那年，我20岁。

……

20岁那年，我不仅学会了插秧、收稻、种麦、割麦、打麦、扬场、进仓、囤粮、上垛、挑塘泥、挑大粪、摘棉花等农活，还学会了纳鞋垫、缝补丁等针线活。我的补丁针脚细密，方圆有形，是连里公认的"艺术品"。

更重要的是，20岁的我拥有了坚忍、顽强、宽容和无私等优秀品质。

岁月如梦，岁月似歌。转眼间，已过去了49年。那破旧残缺的红砖瓦房，那平坦的打麦场，那满岗遍洼盛开的紫云英，那刻骨铭心的20岁，是我生命长歌中最为难忘的一个个音符。

闪亮雪花：我努力而又灿烂的20岁

◎池落月

我在20岁这年，度过了绝无仅有的冬天。我的友谊、梦想和所有的小情绪，都跟这一年里国家最盛大的赛事交织在一起——是的，20岁这年，我在北京做冬奥会志愿者。

高三那年，我因为央视解说员陈滢的花滑解说词去观看了羽生结弦的花滑视频。在羽生结弦的花滑表演中，我第一次明白，原来"翩若惊鸿，婉若游龙"这句话不只存在于古诗里。那时我抱着手机，看着羽生结弦做出一个个优美但对身体损伤很大的贝尔曼旋转而落泪，然后逼自己坐回书桌前学习，一学就是一整天。

那时我许下了一个愿望。想要读北京的大学，成为2022年北京冬奥会的志愿者，想要亲眼见到他比赛。

后来我来到了北京，考上了中国传媒大学，但没有去到喜欢的专业。后来我当上了冬奥会志愿者，但没有去到花样滑冰的场馆。我的梦想，似乎总是只能实现一半，总是要差一半才圆满。我选择了日语专业，每一次听到关于他的消息，都是新的纪录，新的高峰。我平凡地瞻仰着他的光辉，似乎能够被那份耀眼的光温暖。

虽有遗憾，但20岁的我仍然成为一名冬奥会志愿者。在大学的前三年，我加入了学校的志愿者联合会，一步步当上部长和执行主席，最终走到了冬奥会志愿者面试的讲台上。我被分配到了国家游泳中心，一路参与了轮椅冰壶测试赛、北京冬奥会冰壶比赛和冬残奥会轮椅冰壶比赛的志愿服务。尽管没能亲眼见到羽生结弦，但我的20岁也在闪闪发光呢。

在轮椅冰壶测试赛和冬残奥会轮椅冰壶正式比赛中，我两次在决赛中见证中国队夺冠。没有什么比得过见证中国队夺冠那一刻的喜悦。

2022年2月10日，我终于看到了羽生结弦的比赛直播。羽生结弦在北京冬奥会上选择了挑战4A而非稳夺金牌，便是选择了走下神坛。我相信他的遗憾也是千万人的遗憾，他的泪水也是千万人的泪水，但他告诉了无数人努力的意义、坚持的意义，把光带给了世界上无数个角落里的人。当然，也包括我。

　　20岁是一个很容易迷茫的年龄。在提交高考的答卷之后，我们走入了没有标准答案的人生答卷。从青春的巢穴中伸展新生的翅膀，却不知道要飞向何方。但好在，我们总能与温暖的人和事相遇，向有光的地方飞去。当盛大的烟花在鸟巢上空绽放的时候，我终于明白：梦想与遗憾是密不可分的。我还是来到了这里，尽管没有见到想见的人，但所行一路皆是风景。

　　羽生结弦没有放弃。他还在为自己的表演而准备，那么我自然也不会放弃。我相信，不会放弃的人，终会在山顶相遇。我的20岁，也因为追随他的脚步，披上了冬奥蓝，成为万千志愿者中的一片小"雪花"，见证了中国队的夺冠时刻，看到了鸟巢上空的烟火。

　　"雪花，雪花，开在阳光下。在故乡，在远方，都一样闪亮。"

　　这是我努力而又灿烂的20岁啊。

20岁的天空

◎张晓光

我的20岁,是在辽阔的蓝天上度过的。

清晨,我们穿上跳伞服,背上降落伞,驱车十五公里来到沾益机场。停机坪上,四架运-5运输机整装待发。首先升空的是两位经验丰富的跳伞教员,要在空中做跳伞示范。飞机飞至机场上空时,我们用崇敬的目光仰望天空,等待教员离机的时刻……这时,两位教员跳出机舱,以自由落体向大地坠落。一位教员在半空打开降落伞,降落速度锐减,像一朵白云在碧空飘荡。另一位教员没有开伞,依然快速坠向大地。我们都惊呆了……好在落地前,教员打开了降落伞。但为时已晚,伞衣还没完全张开,人就坠地。救护车飞快赶到,将受伤教员拉走。

一时间,机场笼罩着恐怖气氛,一片寂静。大约过了一小时,学员大队长挥拳给我们做战前动员:学员同志们,今天的跳伞训练马上开始!大家要发扬一不怕苦、二不怕死的大无畏精神,坚决完成跳伞任务。登机!

很快,飞机就把我们送上一千二百米高空。舱门打开,我们向下一看,恐怖极了,都没勇气往下跳。跳伞教员就一个一个地把我们推下去。

我们一如既往地参加了跳伞训练。当天空中南风极大,我们离机开伞后,地面指挥员用高音喇叭对空喊话:注意观察机场,面向T字布!我一看,自己的位置已经远离T字布,前面跳伞的一位同学已经落进碧绿的南盘江,正在武装泅渡。我迅速交叉双臂拉动伞绳,转向一百八十度,面向T字布,又使劲拉动前伞绳,努力向T字布靠拢。落地时我重重摔了一跤,被南风拖了很远才停住。我们都完成了跳伞任务,凯旋路上,有说有笑,还编了一段跳伞顺口溜儿：离机吓一跳，伞开空中飘，接地摔一跤，爬起哈哈笑。

　　20岁，生龙活虎，意气风发，生与死的考验一个接着一个，我们笑迎风险与挑战。跳伞结束后，我们驱车五百多公里，翻越人迹罕至的乌蒙山，来到滇东北昭通机场，开始飞行训练。繁重紧张的地面飞行准备，让我们年轻的生命超负荷运转。上百个飞行动作要滚瓜烂熟，上千个飞行数据要烂熟于心。这对我们来说是严峻的考验。我们的理想是早日成为飞行员，为此，我们对啥困难都不怕，对啥风险都不惧。白天，我们顶着炎炎烈日，手握风挡上百遍演练起落航线，汗水湿透飞行服，灌进飞行靴。夜晚，我们伴着星月，躺在床上练压杆蹬舵，默背飞行数据和动作要领，通宵达旦。天道酬勤，短短一个月，我们都达到了上天飞行的要求。开飞前夜，我们兴奋得睡不着，仰望星空，憧憬未来……

　　初学飞行，起落航线着陆动作最难掌握，历届学员中总有人在这一关口惨遭淘汰。所以，教员就把教学重点放在着陆动作上，很快就教会我判断着陆高度和控制飞机下沉速度。我每天都要数百次演练起落航线着陆动作要领，晚上躺在床上还要数百次回忆着陆情景，在大脑深处刻下永不磨灭的痕迹。

　　那一天是我终生难忘的日子。天空万里无云，一望无际。我和我的战友站在乌蒙山麓、金沙江畔，面对猎猎的鲜红旗帜，举起右手庄严宣誓：踏着红军的足迹走，穿云破雾不迷航，用青春和热血捍卫祖国的神圣领空！

20岁的菜鸟学修书

◎ 施凌燕

我的20岁在学着装裱，补洞，修书。

考大学报志愿最终被古典文献学专业录取，专业实属冷门，我因为未知充满期待，我妈因为未知吃不下饭。

大二的某个午后，当我们一个个穿着白大褂雄赳赳气昂昂地拎着工具箱走进装裱教室，准备成为修复大师时，却只看到专业课老师拎着一袋面粉，招呼我们："过来分面粉。一组一瓢，加水揉成面团，要做到手光面光盆光，接着加水将面筋揉出来，弃之不用。今天学的是补洞修书的必备技能——打糨糊。"

糨糊是书画装裱中首选的黏合剂，糨糊的黏稠度直接关系到一页纸张的平整度，厚了纸不平，稀了覆背纸粘不牢。淀粉沉淀加温水搅开后，将沸水注入，擀面杖在盆里不停转圈："开水继续倒，还没熟透！"沸水从盆边飞溅出来时老师侧身一躲，手上的动作丝毫没有减速，十多名学生围成一圈，看着这热血澎湃的场面，就蹙几下眉头的工夫，一盆晶莹剔透的糨糊打好了。

现在想想，其实跟冲藕粉差不多，只不过用的是超大盆"藕粉"。

经过第一课的洗礼，大家的美好梦想破灭了，之后每周按部就班地学习齐栏、裁纸、托纸、缝书……期末交作业前总有几个晚上要在装裱室点灯熬油，当初成为修复大师的雄心壮志都不约而同地藏起来，只是想尽快完成作业，勤勤恳恳地做着装裱菜鸟。

学习补洞修书是在大三下学期。这时候打糨糊早已驾轻就熟，真正的难点在于和不同纸张的磨合。每节课的任务自己都心中有数，不需要大动干戈拎个工具箱，只带必要的工具即可。

空闲的时候在网上花几百块淘到了一本旧书,虽不算破烂不堪,但也有不少虫洞和人为损坏的痕迹,要想将它修旧如旧,必定得花不少心思。

拿到旧书的第一步是拆出书页,用竹起子小心翼翼地试探书页之间是否有粘连处,慢慢分开,切忌"暴力拆迁"。请出住在里面的虫卵、毛发、灰尘等杂物,将断裂的书页进行大致拼接,明确一共有多少张书页,初步还原出它的原貌。

第二步是清洗书页。将书页整齐码放在洗书水槽内,盖上无纺布,一手拿起水槽的一端,一手用适当的热水从高的一端开始冲淋,用手轻轻挤压,重复几次,当热水从灰黄变干净后控水移出。

第三步是选取与修复书页颜色、厚度、纹路相近的补纸。将要修的书页背面向上展开,在书洞周围蘸取少量浆水,补纸覆盖其上,将多余的纸张轻轻拨掉,接缝处为三毫米。

修书页时间长了就适当休息一下,和老师请教一下干活时遇到的问题或是聊聊天。

老师年逾古稀,精神矍铄,总是笑吟吟地看着我们在那里不断试错又不断改正。碰到作业做得好的就像表扬自家孙辈一般:这个孩子很不错,干活踏实,手上有点功夫了。修书对她而言是一辈子的事业,经她手修复的古籍经卷不计其数,她也曾是叱咤风云响当当的人物,如今来到校园看我们这些小孩儿倒腾糨糊和纸张,为的就是让这门手艺后继有人。

有幸,我20岁时当一名学修书的小菜鸟。

我 20 岁的军旅回忆

◎李奕洋

耳边再一次响起那句:"根据《中华人民共和国兵役法》,你们将退出现役,向军旗——敬礼!"每年木棉花的盛开伴随着《驼铃》歌声的响起,就又到了离别的季节,这一声再见,却不知何时再能听见。离开营区我哭成了泪人,抑制住泪水,班长送我去了火车站;当火车缓缓地开动,我看着窗外,泪水再一次流了下来。再见了,我守护了两年的城市;再见了,我20岁的青春。

那年,我向往着边界线,盼望着自己也能成为他们当中的一员。在最美好的年纪去做最有意义的事情,我报了名,顺利地入伍,到了陌生的城市。殊不知,新兵连的前三个月是真的很难熬。

每天傍晚的三公里跑步,就像追赶着日落,也是在追赶着梦想;单杠上的咬牙切齿,用尽所有力气,最后无奈下杠,两手满是血泡;练士气的怒吼,青筋暴起,仿佛所有的不满都在这里发泄,过后剩下嘶哑的喉咙和带血的痰;最难忘的是那冲坡,两腿发软,干吐,依然咬紧牙关往上冲,谁也不甘心落后;一切都像在与时间赛跑,哨子和秒表分别被称为"午夜惊魂哨"和"夺命追魂表"。嘴上说着不累,可身体怎会不累呢?白天班长严厉呵斥,晚上却轻轻帮我盖好被子,那可真是又爱又恨。

下连后每年都有海练,只有经过海练的陆战队员才是真正的陆战队员。夏天到海边一住就是好几个月,架着棉帐篷,中午进去就像进了蒸笼,只得把后帘撩开,才稍微好些。衣服干湿交替,身上便长满痱子,半夜痒得睡不着觉,只能苦中作乐。有段时间天天游五公里,一游一上午或者一游一下午。

第一次下海游泳的我，完全不敢相信人居然可以在海里游完五公里，别说在海上了，路上跑五公里都累得够呛。不停地游两个多小时，难免会喝几口海水，这也打破了我对大海的美好印象，那味道又咸又苦又恶心，我差点吐了出来。"常在河边走，哪有不湿鞋"，我碰到了战友们口中的噩梦——海蜇。被蜇后的小臂像果冻一般，软软的，随后整个手臂失去知觉，犹如千万根针一般扎着我。拖着疲惫的身体回到营区，从车库回来的班长，看到我通红的手臂便知道原因，帮我把牙膏抹上，顿时心里很暖。有了种种经历，我才慢慢变得坚强。

　　第二年海练，有次正拖着一名新兵，海上突然下起了大雨，能见度开始变低，很快就看不到岸边。值班员以及班长在拼命吆喝，引导队伍朝着岸边的大致方向游去。我看到扒着我泳圈的新兵一直呛水，大声吼道："不要慌！拉住我！我会把你带上去的！"当时他只能点点头，虽然我也喝了好几口水，可那时候深感责任在肩，就更加有劲儿地往前游。快到水际滩头，雨渐渐停了，安全上岸后都有种劫后余生的感觉。嘴上说着不怕，可怎会不怕呢？

　　大年三十晚上的岗总是那么特殊，我特意换上一身新迷彩服，把靴子擦得反光发亮，捏了捏帽檐，即使在漆黑的夜里没人看，也要把自己收拾得干净整齐。手握冰冷的钢枪，寂静的夜里只有昆虫的鸣叫声，皎洁的月光洒在海沟上，渔船的信号灯一闪一闪，再延伸过去便是城市的一角，灯火通明；看着一扇扇亮起灯光的窗户，嘴上说着不想家，可心里怎会不想家呢？总要有人奉献，才有万家灯火的幸福。

　　20岁是最美好的年华，当兵是梦想，复学是现实，岁月流逝，如梦一场，还来不及和战友好好唠唠，便要告别。回望来时的路，坎坷曲折，酸甜苦辣全都尝一遍，多了份稳重，多了份成熟。致敬20岁的自己，也致敬20岁的你们。

敬 启

本书为正规出版物。在阅读过程中，若遇内容方面任何问题，请与我们联系，联系电话010-51900470。因此影响到您的阅读体验，我们深感抱歉！感谢您对本书的认真阅读。